居た場所

高山羽根子

河出書房新社

目次

居た場所

装幀　佐藤亜沙美（サトウサンカイ）

居た場所

彼女と最初に会ったのは、たしか仕込みの作業をしているときだったと思う。会った、と言ったってそのとき彼女は作業場の中にいたわけではなくて、私たちが作業しているところを廊下のほうからガラス越しに眺めていただけだった。ガラス張りだったとはいえ作業場の中は蒸気がいっぱいたちこめていたから、中の様子なんてほとんど見えない。しかも私と両親、それと妹、白衣に衛生帽とマスクをつけてみんな同じ恰好をしていたので、たぶん作業場の中にいる人間のうちどれがだれで、どんな作業をしているのかを理解しながら見るなんてことはできていなかったんじゃないだろうか。

私たち家族は長いこと、こうやっていっしょになって作業をすることに慣れていたから、それぞれがどういうふうに動いているのか、作業場のどこになにがあるのか見えなくてもあまり不都合がなくて、うまいこと連携をとりながらひとつひとつの工程をこなすことができた。マスクと衛生帽で狭くなった視野はいつもと同じように白い色でいっぱいに霞（かす）んでいたけれども、視界に四角い木枠が出てくれば受けとり、割りふられた作業をして、受けとったほうと反対側に突き出せばそこから力が掛かって木枠が奪われていく、といった感じで、いつもどおり特別な言葉のかけ合いもないまま作業は進んでいった。当然、こちら側からも彼女の姿は見えていなかった。私はその日、彼女が作業場に来ていることを知らなかった。

　がん、という普通じゃないくらいの大きな音がして、蒸気の向こうから手が現れたのが見えた。白い蒸気の中で見たからかもしれないけれども、手は血色がなくて小さかった。私は家族に木枠でこづかれるまで、作業を止めたままその手のひらを見ていた。しばらくたって、作業場の外側からだれかが勢いよく体重をかけてガラスの面に手をついた音だというのがわかった。あんな手が、ガラスを叩いてこんなに大きく響かせることが、ちょっと信じられないくらいの音だった。

作業中、ガラスの向こうに人がいることはほとんどなかった。数秒考えて、母が何日か前、彼女を作業の見学に呼ぶとか言っていたのを思い出す。日付ははっきりと聞いていなかったけれどもそれが今日だったんだろう。

母が彼女を呼ぶと言ったとき、私は賛成をしなかった。こんなおもしろみのない作業を、しかも、ろくに見えない状態で見学していても退屈なだけなんじゃないか、それなら彼女に対して心苦しいし、だれか外に出て説明なんかができるような、仕込みの作業が立てこまないときに見てもらったほうがいいんじゃないかと母に提案した。でも母は、だってあの子が作業しているところを見てみたいと言ったのであって、それなら作業の少ないときに来てもらっても意味がないでしょう。無理に連れてくるわけではないから大丈夫。退屈なら勝手に帰っていいよって前もって伝えておけばいいんだし、と言って、私の意見を聞き入れることはなかった。

というか、母は基本的に私の意見を聞き入れることがあまりなかった。

そういうわけで彼女と初めて会った、その最初は手のひらだけだったし、それも私が一方的に見ていただけで、もともと彼女のことを知っていた（彼女のことは、この町に暮らしている人間ならば、たいてい把握していた）私のほうはともかく、彼女はこっちのことなんてほとんど気にしていなかっただろうと思う。

ただ、それから後の作業を続けているあいだ、視界の端にあるかないか、彼女の姿とも影とも言えないくらいのかすかな気配が、ほとんど見えないぶん、かえってなおさら気にかかってしまっていた。あの後、音はしていなかった。彼女はもうそこにいないのだと思えばいないようにも、ずっといると思えばそのようにも感じられた。

作業の区切りがついたあと、私は扉を開けて、手袋とマスクを外しながら彼女のそばまで行った。自分は暑いところで作業をしていたから、身に着けているものを外して廊下に出るだけでもかなり涼しく感じたけれども、作業場とガラスを隔てただけの廊下は、少なくとも外より温度も湿度もかなり高かった。彼女は手のひらをガラスの表面に置いていて、その手の甲側には額をつけ、壁にもたれるようにしている。離れたところからだと、ガラスの向こうを凝視している姿に見えた。ただ、近づくと手のひらだけではなく全体的に白っぽくて、とても具合が悪いように見えた。

「ここ、お酒の弱い人とか、においに敏感な人なんかだと当てられちゃうもんで。大丈夫です？」

　声をかけたのは私のほうからだった。小柄な彼女の顔は、白を通り越してうっすら草の色になっている。眼の玉は表面が溶けたみたいに潤んで、半開きになった口からは細く荒い息を小刻みに洩らしていた。普段の彼女をあまり知らなくても、その様子が普通じゃないことがはっきりわかった。

　ひとまず彼女を建物の外、駐車場の端にあるベンチに腰かけさせて、しばらく休んでいてほしい、と伝えた。駐車場を出た道ぞいの自動販売機で紙パックの緑茶を買う。ずっと暑いところにいた私が持つと、指先がしみるぐらいよく冷えていた。差しだしたお茶を、彼女は背中を丸めたままで私のほうに腕を伸ばし、受け取った。四角い紙パックの側面に貼りついた袋をとてもゆっくりした動きで剝がし、伸ばしたストローのななめに切り落とされた先を、何度か狙いを狂わせながら箱の天辺、銀のシールでふたをされた穴に刺す。血色の悪い唇を尖らせて先を咥えた後も、半透明のストローから薄緑の液体が上がっていくのには、普通に考えるよりずいぶんと時間がかかっていた。顎から喉にかけての曲線が二、三度動いて、口を離した彼女が息をふうっとはく。

自分のことで精いっぱいに見える彼女にどんな声をかけるかちょっと迷ってから、私は彼女を見るのをやめて、彼女の横にふたり分くらい離れて座った。

「具合が悪いのにあんなものを見せられて、つまらなかったでしょう。ていうか、ほとんど見えなかったんじゃないですか」

彼女は、はい、いえ、あ、はい、と言ってから、

「あれ、なにをしていました」

とたずねてきた。ひょっとしたら彼女は、この場所で私たちがなにを作っているのかよく知らないまま連れて来られたのかもしれない。もしくは母からほんとうに簡単に聞いていた程度で、具体的にはほとんど理解していなかったのかも。私は、母が彼女を無理やり連れてきたんじゃないだろうかと疑った。母ならやりかねなかった。

「微生物、って、わかります？」

私の問いかけに彼女は目を開いているのと閉じているのの中間、瞬きを途中で止めた表情をしたまま、かすれた声で、

「ビセイブツ、ビセイブツ」

と二回、間隔をあけて繰り返した。自分の心の中で辞書をめくっているみたいだった。

「そう、うん、ええと、小さい虫みたいなもの。空気とか、土とか、いろんなところにいる小さい生きものです」

「虫？」

彼女の声が大きくなって、重そうに半開きだった瞼（まぶた）が上がる。たずね返す言葉はあきらかに怯（おび）えて聞こえた。私は軽く後悔して、慌（あわ）てて言いつくろった。

「あ、でも、それは世の中のものの中にはだいたいいるんです。人間の体の中にも……普通、体内の細胞と同じくらいの数の、目に見えないくらい小さな生きものがいっしょに住んでいます」

「そんなにたくさん」

「だから人間の中のかなりの割合がほかの生きものだと思ってもらえれば」

「ヒトはダイジョウブですか」

「それらがないと人間の体が健康に保てないので」

「悪い虫はいないのですか」

「悪いとか良いとかっていうのは」

「はい、ヒトにとって……」

彼女はゆっくりと目を伏せていって、一点で視線を留めた。先には、膝の上で、お茶のパックを両手で包んで持っている彼女自身の指先があった。

私が話題に困るとついしてしまう、この手の話を聞いているあいだ、相手は自分の爪の先を見ていることが多かった。それはたぶん自分の体で一番目に入りやすい、さまざまな微生物が詰まっていることが簡単に想像できる爪の先を、無意識に確認してしまうからじゃないか、と私は思っている。

「もちろん、いろんな種類の微生物がいます。多くなりすぎるとヒトの体に害を及ぼすものも。それらが体の中で戦い続けているのか、または譲歩しながら総意を決定しているのか……その両方の場合もあるのかな。ようはバランスですかね」

「ヒトの外側の世界と同じみたい」

「そうそう、同じです。ヒトの中にいる小さい生きものたちは、ヒトが死んでしまったら生きられないんです。地球がなくならないようにヒトが環境のバランスを大切にするのと同じで、酒を飲みたいって思ったり、発酵食品を好んだりするのは、ヒトの意思というよりも、体の中の生きものが欲して……しゃべりすぎましたか」

私は手持ちぶさたとはいえ、さすがに初対面の、しかも具合の悪い人にこういった話を長々と聞かせるものではないんじゃないか、と気がついた。そういうところを以前から何度もまわりの人間に指摘されていたと思い出す。そのときに必要な言葉というものが、いつもうまく汲み取れないで口走って、後になって気がついて後悔してしまう。私はこんなとき、気にしすぎると黙ってしまうし、しゃべるとよけいなことを言いすぎてしまうところがあるらしい。

そうやって、私は二回ほどお見合いとか呼ばれているものに失敗している。もちろん、それだけが理由じゃないだろうけれども、少なくとも失敗の要素みたいなものがいくつかあって、そのうちのひとつではあると思っている。でも、

「いえ、とてもおもしろい」

そのとき彼女は、妙にせいせいした笑顔で、私に宣言するみたいにして言った。

「もうダイジョウブ」

後から聞いても彼女はそのときのことをあまりきちんと覚えていなかったし、ひょっとしたら私の記憶ちがいだったのかすらもあやふやだけれど、そう宣言をした瞬間、彼女の頬が草の色だったのが、桃の実が熟(う)れるのを早回しで見ているみたいに肌色に赤みがさして上気していったことだけは、なんだか今でもずっと、はっきり覚えている。

そして宣言のとおり、それから間もなく彼女は我が家にひんぱんに出入りするようになった。でもあのときの具合の悪そうな表情は、以来一度も見ていない。

「初めてのひとりで暮らした場所に、もう一度、行きたい」

水切りの済んだ湯吞をカゴから食器棚に戻しながら、小翠(シアオツイ)は言った。それは、まるで今日バスがいつもよりちょっとだけ混んでいたとでもいうふうな、なんでもない言いかただった。

そう言われてみて私は、小翠が初めてひとり暮らしをした場所はもちろんのこと、彼女が人生のどのくらいの時期に家族と離れて生活を始めたのか、そのときの彼女の様子や日々の生活について、まったく知らなかったということに気がついた。

小翠が生まれた場所の、幼いころずっと住んでいた故郷の様子なら、酒に酔って機嫌がいい彼女の口から何度も聞かされていた。

彼女の故郷は、本土にある村から定期船で片道二時間ほどの小さな島だった。人々はちょっとした漁業と小型船の運航や荷物の積み下ろしをして、いくばくかの現金収入を得ていたらしい。彼女の父や母、祖父母は、彼女と同じようにとても小柄だった。島で育つ野菜も小ぶりで、買ってきた肉のほか、釣った魚や、タッタとかいうイヌでもネコでもタヌキでもない、イタチみたいな生きものを食べることがあったらしい。それは小翠たち子どもが、島の真ん中にある森の入り口あたりにしかけた罠(わな)にときどきかかっていたのだそうだ。タッタは家に持ち帰られてご馳走(ちそう)になった。ただ、それもやっぱり、いま日本でたまに見かけるタヌキやフェレット、ハクビシンとかいったものよりもずいぶん小型で、モルモットのちょっと長いもの、くらいの感じだったと

いう。
彼女は、小さいものを食べているために家族がみんな小柄に育ってしまったのだという仮説を自分の中で立てていて、それを信じていた。私が、そもそも島の土地自体が小さなものばかり育つふうにできているんではなかろう、と指摘すると、彼女はハッとして、

「その考えかたは思いつかなかった」

と答えた。大きさのことは、同じ大きさのものに囲まれていると気がつかない。自分たちが世の中の全部の人たちにくらべたらずいぶん小さいほうだ、と気がついたのも、島を出て外の世界を知ってからのことだった、と小翠は言う。たしかにそうかもしれない。私だって、もしこの町を出てよその国で暮らすことがあれば、普通より言葉が少ないとか食べる量が多いとかいうことに気がつく場合もあるだろう。

子どものころから今まで、ずっと生まれた町から出たことがなかった私からしたら、小翠の話を聞くことは楽しかった。あまりにも遠い場所のことだったから、作り話みたいに聞こえることもあった。でも、一度彼女の両親のもとへ挨拶に訪れたとき、家

族や友人といったまわりの人間に確認してみたところ、彼女が話して聞かせてくれていた故郷の話は九割くらいほんとうの話で、残りの一割も、作り話というよりはちょっとした覚えちがい程度のものだということがわかった。

小翠がまだ小学生だったころ、当時彼女が通っていた島の中の小さな学校の校庭から、歴史的にとても貴重な遺跡が発見され、国の調査団が発掘に来たことがあったらしい。ひどく威圧的で横柄な調査団の大人たちは、小翠たち現地に暮らす子どもの目には、住む地域を荒らしに来た盗賊となんら変わらないように見えた、と、彼女はとても憎々しげに言った。

発掘にやって来た調査団はそのまま学校を封鎖して、周囲にはテープと幕が張られ、かなり長いあいだ小翠たち生徒は校庭にも校舎にも立ち入りが禁じられた。しかたなく先生は山や野原で、スケッチとかそういった課外授業ばかりをするはめになったらしい。そのせいで今でも二ケタ以上の足し算にはメモや電卓が必要だし、泳ぐことも、逆上がりもできないまま育った。と彼女はそのことを今でもとても根に持っている。

最初のひとつに関しては多少同情する部分があるとして、あとのふたつに関しては、学校の敷地に入れなくても、ほかでなんとか練習できたんじゃないか、そもそも島に住んでいて泳げない子どもっていうのはどうやって暮らしているんだろう。と思ったけれども、彼女のあまりの恨みように、そのことは口に出して言えなかった。彼女は、少なくとも私が知っている人間の中では私の母の次くらいにおおらかで、ちょっと楽観的すぎるんじゃないかと思えるほどに呑気だったので、こんなふうに、だれが悪いとも言えない突発的なできごとで世の中をずっとしつこく恨み続けるようなことはないと思っていたから、意外だった。

学校に行けなかったのがよっぽど悔しかったんだろう、当時、彼女は嫌がらせのためにいたずらをするつもりで、夜中に友だちと立ち入り禁止になっていた学校に忍びこんだらしい。

夜に人のいない発掘現場は、校舎の入り口の近くに〝念のため〟みたいな感じで配置されていた見張りの軍人（彼女の国ではたぶん今も、日本では警察がやっているような、たとえば交通整理とか取りしまりとかいったことも軍人がやっている）がいたけれども、学校のつくりに詳しい小柄な子どものほうが数段もうわ手だったんだろう。

抜け道を探すのは簡単だったし、しかも入ってしまえば発掘場所は幕で覆われていたから、よっぽど大騒ぎをしなければ、見張りを気にする必要なんてなかった。

学校は、ほんの十日前まで自分たちがいたときとはまったくちがう景色になってしまっていた。錆びたバスケットゴールと、ネットの張られていないサッカーのゴール間に広がる校庭部分は四角い穴だらけで、その穴の中にさらに筒状の、深い穴がいくつも掘られていた。小翠はそれまで、発掘というのは古いものがそのまま埋まっていて、ただそれを掘り出すものだと思っていたのだけれど、そうではなくて地面の下の古い建物が、土の中で無くなって、そのまま空洞になっている。それを裏っかえしに掘って、あった場所の空間を確認しているのだ。というふうに考えを改めたという。

聞いていると、それもちょっとちがうような気はするけれども、ただ、

「とっても、こうふんしたよ」

とはにかみながら言った小翠の気持ちは、私にもよくわかった。今まで見なれていた景色がぜんぜんちがうものに変わって、それも、今までの人生で見たことのないものになってしまっていたとしたら。そうして、人間が生きている時代の層みたいなも

のが積みあがっている一番上に自分が暮らしていて、自分が勉強したり、ふざけて笑ったりしている真下に、大昔の墓とか城、町や寺があった跡が見つかったりしたら、きっと私も、とても興奮したと思う。

四角い穴には横に階段が刻まれていて、丸い穴にはひとつずつにハシゴがついていた。一角に、発掘作業中であることを示すロープが張られて、薄暗い中に月光に照らされた壺が、たぶん十個くらい転がっている。ひとつずつは大人の頭の大きさくらい、半分は土に埋まった状態だった。壺は表面に絵も飾りもない素朴なもので、粘土だか蠟だかで、ふたの隙間に封がされて密閉状態になっている。

いっしょにいた友だちがちょっと大きめの声をあげたので、小翠はそれにびっくりしてもっと大きな声をあげてしまった。そのせいで一回、警備をしている軍人が面倒くさそうに来て、彼女たちが慌てて潜り込んだ穴の様子を覗くこともなくすぐまた面倒くさそうに戻って行った。

友だちが声をあげた理由は、いくつかある壺のうち割れてしまっていたひとつのまわりに、タッタが八匹ほど群がって、洩れているなにかを夢中で舐めていたのを見つけておどろいたからだった。タッタはいつも、基本単独で行動する。普段は群れどころか親子ですらいっしょに行動していることがないのに、ひとつの壺のまわりにたくさん頭を寄せていたのを暗い中で見つけたので、

「私だけじゃなくて、みんな、すごく怖かった。地獄かと思った」

と、彼女は真剣な顔で言った。

そんなに怖かったのに、なぜそんなことができたのかわからない。ひょっとしたら嫌がらせをとっとと済ませて帰りたかったのかもしれないけれど、小翠たちは、発掘場所から割れていない壺をひとつ盗んで抱えて帰ったらしい。

小翠が持ち帰って隠しておいたものを、次の日にまたみんなで集まって、封をといて開けてみた。中には、蜜のように見える薄い草色に透きとおった、とろみのある液体が入っていた。昨夜、タッタが争って夢中で舐めていたものと同じもののように見えた。

地面に少量零(こぼ)してみたり、コップに注いでみたり、指につけてにおいを嗅(か)いだり肌に塗ったりしてみたけれども、なにも起こらない。特徴のない液体にしか見えなかっ

た。

結局調べる方法がこれしか残っていないだろうという感じで、舐めてみよう、と最初に言い出したのは小翠だった。友だちは警戒して嫌な顔をしたものと、全力で拒否したものと二通りに分かれた。小翠はタッタがあれだけ夢中で舐めているもので、私たちはそのタッタを美味しく食べている。だからなにも問題がないはずだ。と主張して、渋々賛同した数人で（どうしても拒否をした友だちを除いて）舐めてみたところ、とくに甘くも苦くもない。それどころか、完全に無味無臭だった。もしこれがただの水だったとしても、こんなに長いこと地面の中に埋めて保存されていたら、なにかのにおいや味がついていてもよさそうなものなのに、ほんとうになんの味もしなかった、と彼女は言った。

「もしかして、私たち自身とまったく同じ味だったから、私たちはその味を『無い』と思ってしまったのかもしれないけれど」

ただその日の夜、彼女を含む壺の中身を舐めた子どもの耳から黄緑色の汁が大量に出てきたらしい。小翠が耳に綿を詰めて友だちの家をまわったら、嫌々ながら結局説得されて舐めてしまった子どもが緑色に染まった枕を抱えて大泣きしていた。親にばれるかもしれないと恐ろしくなったので彼女はみんなにきつく口止めして、その後、壷の中のものは舐めることはせず触った後にもよく洗って、より注意ぶかく扱うようになったという。

「え、捨てなかったんだ」

「だって、罠に塗ったらタッタがすごくいっぱいとれたから」

おもしろいように罠にかかるタッタは、さばくときに内臓が部分的に黄緑色になっていることがあったので、気味悪がって口をつけようとしない子どもも多かったらしい。小翠は気にせずそれも食べたが、とくに美味しくも不味(まず)くもなく、また食べても体調が悪くなることはなかった。

私も子どものころたまに、家の作業場で出た醸造かすをもらって森へ行き、木に塗って虫を集めていたことがあった。たしかにとてもたくさんとれたので、友だちといっしょに行っても鼻が高かったけれども、たくさんの虫を家に持ち帰って飼うのも大変だし、しかたなく逃がしていたのを覚えている。

虫だからというのもあるけれど、とったものを食べる、という発想が、子どものころの私にはあまりなかった気がする。釣りでも釣ったものは逃がしていたし、猫や鳩、雀だってそのへんにたくさんいたけれども、捕まえて食べようなんて思わなかった。

「で、結局どんな遺跡だったの。学校の下にあったのは」

「ちゃんとは教えてくれなかった。たぶんそのときは、詳しくわかっていなかったんだと思うけど」

「そのあと研究してなんかわかったんだろうか」

「島を出ちゃってからはあまり気にしてなかったから、なにがわかったのかなんてよく知らない」

と、大騒ぎになったときにはとっても興奮した、と言っていた小翠はいやにさっぱりと答える。彼女は懐かしいとか、そういう気持ちがまったくないわけではないだろうけれど、生まれた土地や、今まで暮らした場所にはあまり興味がないというか、今住んでいるところ以外の場所に執着しない性格だと思えることがよくあった。

だからなぜ、こんなふうにふと思いついて、前に住んでいた場所に行きたいなんて言いだしたんだろうと奇妙に思った。

しかも、小翠が行きたいと言っているのは彼女の出身地ではなくて、彼女が家族と離れてひとり暮らしを始めた場所だというのも意外だった。小翠の故郷から見ると南東のほうにある海沿いの港街は、人口も観光客も多い、故郷よりはだいぶ開けた場所だった。

私はふいに、小翠がどういったいきさつでその街に住むことになって、どういうふうな暮らしをしていたのかがとても気になり始めた。今まで、彼女がひとり暮らしを始めた時期の話は聞いたことがなかった。普通に考えてみれば存在していて当然な、生まれたときすでにあった家族に所属していた子どものころの小翠と、現在の、私の家族となっている小翠をつなぐ期間がずっとぼんやりとしている。それは今でもまだ不鮮明なままだった。

彼女の故郷の島は小さかったし、家が特別な商売をしている様子もなかった。あのあたりでは、ある程度まで大きくなった人間は働くにしろ学ぶにしろ、どこか都市部に出るほかはなかったのだろう。そんなあたりまえの想像すら、私はできていなかったことに気がついた。

小翠は、特別に懇願するとか思い詰めたりするのでもなく、ただなんとなく「行きたい」という意思を口に出していただけだった。ひょっとして希望でさえない、聞き入れてもらうつもりもないただのつぶやきだったのかもしれない。ただもし、聞き入れてもらえなくても不都合がないなら、口に出す必要だってないんじゃないか。彼女はたまにそういうなんでもないつぶやきを母国語で口にすることがあったから、今回ももし、私に伝える必要のないことであったら、わざわざ日本語を使う必要なんてなかったんじゃないだろうか。

私のほうは家の仕事を自分が継ぐという、曖昧な、運命というほど大げさなものでもない約束めいたものといっしょに成長してきて、ひとりで暮らそうだとか独立しようなんて考えたこともなかった。だから、小翠がなんの用事もない、人生の一時期に住んでいただけの場所へ行きたいと考えることが、どういう感情から来るものなのか、知りたくなった。

それに、家族と離れて、年齢でいえば同じ国の青年と恋のひとつもしたことがあるのが自然なんじゃないかと思える時期の小翠の生活に、軽く後ろめたいような、妙な好奇心も湧き始めていた。

「いっしょに行こうか」

小翠の顔を見て言った。彼女はそれまでこちらを見ていなかったけれども、私の返答を聞き顎を上げて、私と顔を見合わせた。彼女の目鼻は体格と同じように丸く、大陸系の女性に私が持っていたイメージとはちがって小づくりにできていた。初めて会った六年前から考えれば当然それなりに年齢を重ねていることにはなるけれど、当時からあまり化粧気がなかったし、今でもまだ同じシャツを着ているときもあるくらい体形も同じままなので、良く働くけどちょっとせっかちで大ざっぱなところがある、だいたいいつも笑顔の女性、という印象は今でもまったく変わっていない。

小翠は私の思いがけない提案にたぶんおどろいていて、複雑な笑顔を見せている。私は自分の胸の内についさっき生まれた、ささいな品のない内心を見透かされてしまうんじゃないかと怖くなって目を伏せながら、

「数日なら、父さんたちに仕事をひととおり任せても問題はないんじゃないかな」

と彼女に伝えた。実際のところ今は家の仕事も閑散期と言っていい時期だし、小売注文をさばくのも中元の時期までは落ち着いていた。父や義弟にしたって、小翠のいつもの働きを考えれば、彼女のささやかな休みの希望ぐらいはあっさり聞き入れてくれるだろう。

小翠は私の話を半分まで聞いたときにはもう、くるりと体を捻(ひね)って向きを変え、壁にかけられたカレンダーをすばやくめくったり戻したりし始めた。あきらかに心が弾んでいるのがわかった。

小翠はもともと、自分がこれと決めたことに対しては大変に行動力と計画性があった。ただそれにしたって、この旅について、だれも意見をさしはさむ余地がないほどの準備の周到さは、おどろくのを通り越してちょっと恐ろしく感じるくらいのものだった。ある日作業場から自宅のリビングに戻ってくると、食卓にはオンラインでの予約を済ませたメールが印刷されていたし、さらに別の日には、送られてきたいろんな種類の書類が並べられ、私はふせんで指定された場所に自分の名前のサインをするだけでよかった。ふせんに『エイゴ』と書いてある場所にはローマ字で、『ニホンゴ』

と書いてあるところは漢字でサインをした。

私のほうも最初は気にして、ホテルの名前に目を通し、住所を読んで場所を確認するなんていうこともしていたけれど、しばらくして、なにも気にせず彼女の好きに任せたらいいと思うようになってしまった。

なにしろかつて彼女はその街に住んでいたくらいには詳しかったんだし、いっぽう私が向こうの場所に対して知っているのは「若いころに彼女が住んでいた場所」というぐらいのものだった。

それに、私は小翠がこの旅への執着を見せるたび、例の下世話な好奇心を胸の中に抱いてはなんだか後ろめたい気持ちになるので、それを避けたいという思いもあった。

彼女の、里帰りとも言えない旅の支度は、私が気まずさから見ないふりをしているあいだにもどんどん整っていった。

そこは古くから市場を中心に栄えた歴史のある土地で、大航海時代には幾度となくいくつかの大きな国がとっかえひっかえ統治したという港街でもある。当然私は行ったことがなかったけれど名前は聞いたことがあったし、少なくとも小翠の故郷の村に比べたら観光客も人口もだんちがいに多く、大きい街だった。

彼女が家族と離れてひとりで生きるということを始めた場所について、私が調べられたのは、大まかに言えばそのくらいだった。

ためしに検索してみたその街の観光協会のウェブサイトは、国際的な観光地を目指す都市のものらしく、いろんな言語に切り替えることができるシステムになっている。中には日本語表記もあった。読んでみると、市場近くの屋台街では海産物を豊富に使った郷土料理が美味しく、安い値段で腹いっぱい食べることができるというようなことが書かれている。

欧州からの入植者が建てていった古くて重厚な洋風建築を背に、おもちゃみたいな色のビニールテントやパラソルで飾り立てられている市場の様子は、私が数少ない旅で行ったどんな場所とも似ていない。それなのにどこかで見たことがある感じがするのは、昔に観たなにかの映画だとか、テレビの旅番組みたいなものと自分の経験がごっちゃになって記憶されてしまっているからかもしれなかった。

小翠がほんの数年だけ暮らしていたという街に行きたいと思うことについて、いろいろに思いを巡らせてはみたけれども、やっぱりいまひとつぴんと来なかった。行ったところで、もうすでに友だちや知り合いなんてほとんど住んでいないような場所だろう。そんな場所を彼女が訪ねることに、いったいどういう意味があるんだろうか。

私がそんなふうに考えながら、気づくと小翠のほうは、リビングのテーブルに置かれたノートパソコンに顔を近づけて、ものすごく真剣な顔をしていた。覗きこむと、地図を見ている。

小翠は地図を見るのが好きで、雑誌でもインターネットでもよく地図を眺めていた。車に乗っていても窓の外よりカーナビの画面を見つめていることが多かったし、旅行とも言えないような、ちょっとした近場に行くときも前の日に地図を見て、最適なルートをあれこれ考えるのが好きなようだった。

彼女がひとりでパソコンを使ってなにかを調べているときは、たいてい日本語の表示にしていない。私は日本語で表記されていないと、どんなに見なれた近所のものでも、行ったことのない場所に見えたりする。だから今、彼女がどこの地図を見ていたのか、すぐにはわからなかった。

「住んでた建物、無いの。おかしいね」

表示範囲をかなり広げてみて初めて、その地図が、これから私たちが旅をする場所、彼女が以前に住んでいた街のものだとわかった。

彼女が当時住んでいたのはターミナル駅に近くて、船着き場にも市場にも歩いて行けるほどの地区だったらしい。その国では有名な、海外からもたくさんの観光客が来るような街だったので、オンラインの地図でも建物ごとに細かい情報の記載がある。

「十年近く前だし、下宿の建物自体が無くなっているってことじゃないのかな」

という私の憶測を彼女は受け入れず、

「そんなはずない、住んでいた建物だけじゃなくて、そのまわり全部が見えなくなっているのが、おかしいの」

と主張した。見るとたしかに、地図の表示が無いのは住んでいた建物だけじゃなかった。市場に隣接する小翠の暮らしていた一帯がすっぽりと抜け落ちている。地図画面を航空写真に切り替えても、撮影されているはずの画像がその一帯だけ低い解像度でぼんやりしているし、ストリートビューでも、選択をした場所は表示されることなく、すうっと通り過ぎてしまう。何度折り返して戻っても、その地区が抜けてしまっていた。

ビューの表示を行ったり来たりさせていると、変なところを選んでしまったのか、どこか別の路地に入りこんだ風景になった。露店が並んでいて、手描きの看板だらけの道の真ん中に、恰幅のいい男がいる。まっすぐストリートビューのカメラのほうを向いていて、顔はぼんやりとボカシたみたいに加工されていた。市場風の繁華街にはちょっと似つかわしくないシルク仕立ての上等な背広姿で、手に小さな動物を、抱く、というよりは胴体をつかむようにして持ち、立っていた。長い胴体は、つかんだところからふたつに折りたたまれたみたいにくったりとなっている。実物どころか写真や図鑑ですら見たことがなかったけれども、これが小翠の話に出てくるタッタなんじゃないかと思った。当然のように、その小さな動物の顔のほうには、ボカシ加工がされていなかった。

小翠が私の生まれて育ったこの町に来たのは、この国と彼女の国がお互いに申し合わせて試験的に行った介護の実技実習留学のためだった。彼女の国がたぶんこれから抱えるであろう老人介護や福祉の問題に、この国が一足先にたどりついているから、という考えがどっちの国にもあったんだろう。そこでどういう基準でなのかはわからないけれども全国でいくつかの場所が選ばれて、この町には彼女が来た。小さな町で海外からの移住者は珍しかったうえに、そんないきさつだったので、彼女が来たときは地元だけでなく東京のほうからもけっこうな数の取材の人たちが集まった。それほど広くない町だから、住人のだれもが小翠のことを知っている。もちろん私も多少は彼女のことを知っていたけれども、逆に彼女は私のことをまったく知らなかっただろうと思う。

彼女はたしかに優秀で、少なくとも私の町にとって彼女の留学はとても意義のあるものに思えた。ただ、ほかの場所で行われた実技実習留学は、どうやらいまひとつうまくいかなかったらしい。彼女以降そういった留学生がこの国にやってくることはなかったし、たぶんあのままいったら彼女も、ある程度の時期が来たら帰ってしまう予定だったんじゃないだろうか。

大変にまじめで元気に働く良い子なのだ。というようなことを言って小翠を家に連れてきたのは、私の母親だった。いつか家に連れてきて夕飯でもいっしょに、と思いついてから、ほんとうに作業場の見学に連れてきてしまうまでに一週間とたっていなかった。気が乗らないことにはなにかともたもたして億劫（おっくう）がる母のことだったので、この件に関しては相当気が乗っていたんだろう。

母は、家業の作業の他に町の役場で事務の手伝いをしていた。実習生の受け入れをしたときからずっと、たったひとりで日本に来た小翠を気づかい世話を焼いていて、町のイベントやなんかでは簡単な作業を手伝わせたり、薄い水色の軽自動車で町のあちこちに連れまわしていた。家の作業を見学させるために連れてきた後も、ことあるごとに私たち家族と食事をさせた。母にとてもよく似た私の妹は小翠と同い歳で、母と同じく彼女とうまが合うみたいだった。

当時母が、この子はとてもがんばり屋だ、家のことをひとつもやらずにぼやぼやと生きているおまえとは大ちがいだと、たびたび私にあてこすりを言ってきたのも、今思えば、母のなにかしらの思惑のうちだったのかもしれない。

母はまるで急いでいるみたいにして彼女をうちの家族の中に取り込もうとし、我が家に彼女専用の箸や茶碗、歯ブラシみたいなものが揃いきったころ、ちょうどのタイミングで母の大腿骨の中に見つかった癌は、すでにけっこうあちこち転移してしまった後みたいだった。

母がさんざん苦しみながら、それでもあっという間に旅立ってしまうまで、なにをどうしていいかわからなかった私たち家族にとって、小翠の看護と家の手伝いは天の助けと同じだった。母を看病し心配しているあいだにも、私たちは食べ、洗濯物を出し、仕事をする必要があった。滅多なことが重なるという状況はあるもので、母がもういよいよ、というときになって妹が妊娠していることがわかった。妹は家族と、というか主に小翠とよく相談をして、母のことがあるから相手とはまだしばらく結婚するつもりはないけれど、出産はしたいという結論を出した。父も私も反対はしなかったし、小翠の提案でそのことを母にも伝えた。そのときの母はもう、理解していたのか、聞こえていたのかもわからなかった。

彼女はまるで母の外部記憶装置みたいにして、家の細かな状況や、必要な家事全般をすっかり把握していた。外から来た人に、家のことをここまでしてもらうのは申し訳ないというような、普通に起こる感情さえも鈍ってしまうほど、あのときの私たちは八方ふさがりだった。母の葬儀についても、小翠が裏方で町会長の言うとおりこまごま動いてくれなければ、あんなにきちんと見送ってやれなかったんじゃないかと思う。そして、その年の仕込みに母の不在が大きく響かなかったのは彼女のおかげだったと、今でも家族全員が信じている。妹の出産の準備や手伝いも彼女がほとんど行った。こんなに瞬間的に彼女が私たちの長年積みあげてきた家族関係のピースに収まっただけでなく、いないと立ち行かなくなるくらいに中心部に入りこみ軸として機能したことについて、不安や疑いなんてさしはさむことができないくらい、すべてのことが自然に進んでいった。

母の喪が明けてから籍を入れる前、私は小翠とふたりで彼女の故郷へ挨拶に行った。行く前にさんざん、田舎だから恥ずかしいとか、おもてなしができないから申し訳ないだとか、無理して行く必要はないと言っていた彼女も、実際行ったらとても楽しそうにしていた。仲間内ではかなり活発で目立つほうだったという彼女は、島にいるどの人とも私が理解できない言葉で、しかもとても早口で話して、大きな声で笑った。笑い声すら、日本にいたときとぜんぜんちがっていた。

彼女の村は島の中にある、ほんの数軒の家でできた集落だった。家は高床（たかゆか）に作られた三角屋根の古い木造で、かなり急な斜面に建っていた。そうしてまたこれも彼女が言っていたように、親族どころか島に住む全員が彼女によく似て小柄で、親戚がみんないっしょの家に暮らしていた。島にはこんな感じの、似たような規模の集落がいくつかあって、簡単な船着き場と、週に一日だけ開く診療所と、初等教育の分校にある学校があるらしい。

お世辞にもあまり豊かとは言えない中で精いっぱいのもてなしをしてくれたことは、並んだ料理を見ればすぐにわかった。小ぶりな魚や鶏の肉、野菜や米が使われていて、彼女の話に登場していたタッタとかいうイタチのような生きものはなかった。きっと、日本で一般的じゃない食べものを出さないように気をつかってくれたんだろう。自分たちでご馳走だと思っているものを出すことだけがもてなしじゃないと考えている。

こういう考えを持っているところも彼女の家族らしかった。いや、彼女がこの家族に教育を受けてこのように育ったんだろうと考えて、うれしいと思ういっぽうで、気をつかわせてしまったことになんだかとても申し訳ない気持ちになった。

しかも、こちらが日本から持って行った虎の子の酒は口に合わなかったようで、口に含んだみんなが、あのときの小翠のように真っ白を通り越した草色の顔になって、涙をころころ零し始めた。日本で高級品だろうがそんなことは関係ない、私はとても無礼なことをしたように感じて、なんだかとても惨（みじ）めな気持ちになって、おろおろしてしまった。

「なれるまでちょっと時間がかかると思うけど、ダイジョウブだから」

と小翠が横で励ますような言いかたをした。私は、邪魔になったら捨ててください、酒は煮物などの調味料にも使えます。火を通せば風味も弱まるのでと言い添えて、土産に置いて帰った。

私が彼女の故郷に行ったのは、今のところその一回きりだった。

日本に戻って私と籍を入れてからの小翠は、家のことだけでなく、母の看護で休んでいた介護施設の手伝いを再開し、母の代わりに役所の仕事をし、さらに繁忙期には私たちといっしょに仕込みの作業もした。妹夫婦の結婚式では母の代わりに花束を受け取って、ぽろぽろ泣きさえした。

そのうえおもしろいのは、母が作るいまいちな味つけの煮物も、彼女はそっくりにいまいちな味に作ったし、母の真似ごとみたいにして、買い過ぎた食材をよく腐らせた。私の母は、一般的な家の母親がどうなのかはよくわからないけれども、ほんとうにひんぱんに、必要以上の食べものを買ってきては駄目にして、捨てていた気がする。では片づけが不得意だったのかと言われると、そうではなかったように思う。日用品は棚にしっかりストックされていたし、料理に手間をかけることもできる人だった。ただどういうわけか、煮物の味はいまひとつだったし、作りすぎてはよく捨てていた。

小翠にしても、彼女の故郷を訪れたときに家族に聞いた限りでは、昔からそういう気質だったわけではないらしい。我が家でも日用品の買い置きの整理はきちんとしていた。なのになぜか、まるで私の母親がものを買いすぎたり、作っては腐らせることまでも教えたようにして、小翠は食材や料理をしばしば駄目にしてしまっていた。おまけに近ごろは、私の意見をいまひとつ聞き入れないというところや、自分が乗り気でないことには億劫がって腰を上げないところまで、母に似てきてしまっている。

飛行機搭乗のチェックインはオンラインで済んでいるにもかかわらず、せっかちな小翠に連れられるまま、空港へは三時間以上も前に着いてしまった。たった二泊の旅行のために、彼女は山ほどの常備菜と炊いたご飯を冷凍庫や冷蔵庫に小分けにして、たたんだ洗濯物は日付ごとに並べてその上に『オトウサン　二日目』というようなメモ書きを貼って家に残してきた。それでも彼女は空港までの途中、

「もうシャンプー無かったと思う。詰め替え用のパックが入ってる場所わかるかな、ダイジョウブかな」

と、しきりに気にしていた。

いったいなにを詰めてきたのか、体に釣り合わないほど大きなキャリーバッグを引きずって歩く彼女の足取りはとても力強かった。荷物を預けてからのやたらに長い待ち時間や、搭乗が済んだあとの座席でも、彼女はプリントアウトして持ってきた地図

を広げて、熱心に目を通していた。覗きこむと、余白の部分には私が読むことのできない文字のメモ書きがびっしりと書き込まれ、埋まっている。英語でないこと、どうやら私たちが使うものとはちょっとちがってはいるけれども漢字のようなものだというのはわかった。それなのに、ふだん見なれたものとちがっているうえに手書きだったので、それらは暗号みたいに見えた。

「探偵か、どこかのスパイみたいだな」

私のつぶやきに彼女は、

「それか、宝の地図とか、海賊」

と紙の端をつかんだままひらひらさせた。

「やっぱり見つからなかったのか」

私の問いに小翠はうなずく代わりに肩を軽く上げた。彼女が視線を落としている先、紙の上のある一部分は、やっぱり画像が曖昧にぶれていて、詳しい様子がわからない。

「地図の印刷エラーじゃないんだもんな」

「印刷する前、パソコンの画面でもこうだったでしょう」

私はパソコンに映し出された、液晶画面のことを思い出す。地図データは、どんな小規模な建物にもややこしい文字で名前や企業のロゴマーク、連絡先、個人ＳＮＳのレビューの星が表示され、それらを聞いてもいないのに無理やり話して聞かせようとするほど饒舌だった。それなのにこの、彼女が住んでいた一部の地域だけは急にもごもごとたよりない、どの国のだれにも届けようとしない情報を口ごもっているみたいに見えた。

「空撮禁止ってことは？　基地だとか、政府の庁舎に近い場所かも。テロの防止とかで、あんまり細かい情報を載せない、とか」

日本だとあんまりぴんと来ないことだけれども、地図というのはけっこう大事な軍事機密にもなりうると聞いたことがある。

「この近くは全部、人が暮らすところ。たとえば、小さいレストランとか、ゲシュクとか」

「そうか」

私と彼女はどちらも黙って地図を見た。私と彼女が見ている地図は同じものだけれど、きっとぜんぜんちがったものに見えているんだろう。地図に載っかった言葉は私にはなじみのないものばかりだし、この場所に住んでいた人間と、行ったこともない人間の見ている地図は、同じものであるはずが無いと思えた。

　現地の空港に着くと、雨上がりに似た重い熱気が私たちのまわりに満ちていた。実際そこはほんの数十分前まで雨が降っていたらしい。日本でこの飛行機に乗るときとはずいぶん様子がちがった。屋根のない急なタラップを降りると、地面の色が水気を帯びて黒ずんでいて、ところどころ薄く水溜まりができていた。乗客は、湿った地面にたどりついたと思えばすぐに真四角なカーゴバスに乗せられ、手荷物ごとすし詰めになって空港の建物まで移動する。その間、私は車内に立って、同じように斜め前に立っている小翠の肩先あたりを見ていた。彼女が機内でずっと熱心に眺めていた地図はもうポケットかどこかにしまわれていて、代わりにその手には赤い日本のパスポートが握られている。籍を入れてから手に入れた日本国籍のパスポートが、彼女の故郷と私たちの住む町の往復じゃないことに使われたのは、今回が初めてだった。

　前回の、彼女の里帰りのときと同じように、彼女の入国審査は私のそれよりずいぶん時間がかかった。私はそれを（彼女にではなく、その手続きのもたつきに関して）快く思っていなかった。それに気がついていた小翠は私に、

「これだけ、いろいろ調べてくれたら、国の中も安心、ありがたいね」

と笑う。今回も、先に終えて絨毯じきの広くなった場所で待っている私のところへ小走りにやってきて、

「ちがう空港のスタンプ、初めて」

とうれしそうに開いて、指をさして見せた。若干かすれた緑色の三角形の印影は、小翠も初めて見るものだと言った。昔、彼女はこの街に定期船と列車を使ってやって来た。それに、当時は国内の移動だったのでパスポートも必要なかったらしい。

空港にあった天気予報の表示を見ても、旅のあいだ中、私たちの滞在地である港街の天気はあんまり良くないようだった。この時期はそういうものだからしかたない、と言う小翠の表情も明るくはなかった。写真で見ていた港の市場は、パラソルやタープで簡単に商品の雨除けがしてあるだけの露店だったし、なにより天気が荒れれば肝心の船の出入りが滞るのだから、それだけで街の活気が無くなることは予想がついた。

彼女は空港のベンチでキャリーバッグを開けると、折りたたみ傘を二本取り出し、そのうちの一本を私にさし出した。

空港でタクシーに乗りこむと、小翠がなにか早口でドライバーに話しかけた。その口調の強さに、私はおどろいた。言葉の意味はわからないけれど、なんとなくとても乱暴に行き先を告げたように聞こえたからだった。ただ、元々の言葉がそういうふうに断定的なものなのかもしれないし、単純に、私がこの国の言葉をあまり知らないぶん、不安からそう思ってしまっているだけかもしれない。前に彼女の故郷に行ったときには、彼女は自分の家族や幼なじみや知り合いとばかり話していた。だから日本で言うところの方言と標準語みたいな感じで、今回はちょっとよそゆきの言葉を使っているのかもしれない。

運転中のタクシーの窓から見る風景は、はじめこそ看板にも英語表記が多く、外国資本の電化製品だとかクレジットカードの広告ばかりで日本の空港近くに広がる風景と変わりばえしなかったものの、繁華街に近づくにつれて徐々に看板や標識になじみがない文字が多く並ぶようになっていった。

風景が変わるうち、どんどん看板を見ることが不安になってくる。大きな、たくさんの人に見てもらうために立てられた看板が、私のためには存在していないんだと思うことが怖かったのかもしれない。母と子どもが笑って持っているビンが、栄養剤なのか薬なのか、ジュースなのかもわからなかった。

道を進んでいるタクシーや大型バスの隙間に、スクーターとリヤカーをかけ合わせた、見たこともない奇妙な乗り物が走っていくのを見かけた。生活圏に入りこんでいくと、その妙な乗り物は徐々に増えていく。荷台に発泡スチロール製や木製の魚箱が積まれていることもあれば、何人かの女性や子どもが乗っている場合もある。それらは市場周辺のエリアに入ると一気に数を増やして、車を押しのけ車線をいっぱいに満たしている。この乗り物は、車の渋滞をぬって進むことにメリットがあるように見えるけれど、これだけひしめいているとそうもいかないんじゃないだろうか。また降りだしていた雨は、現在のところまだいくぶんか小降りだった。この乗り物のドライバーはみんな合羽(かっぱ)を着こんでいて、狭い視界の中、道で自動車の流れが進むのを、呪文を唱えでもする様子でエンジンをウンウンと、唸らせながら待っていた。

　ホテルは街を通る路面電車の終着駅に近いあたり、街の中心部にあった。観光用の巡回バスやタクシーが停まりやすいよう、道が楕円状になっているロータリーの真ん中に、街のシンボルなのか、女性の像が立っている。それはなにかの神様なのか、街の偉人なのか、抽象概念を女性化したものなのかはわからなかった。

　そこから高台になっているところに、変わった形の、目立つ建物があった。縦に長い部分が一カ所あって、そこを中心に、つり屋根みたいになっていて矢印状の形をしている。

「あの建物は？」

　私がたずねると、小翠は私がその特徴的な建物に注意を向けているのに気がついて、名前を早口で言った。長くて複雑な発音なので、私は聞き取ることができなかったけれど、そのすぐ後に、

「博物館」

　と彼女はつけ加えた。建物は教会のようにも、寺院のようにも見えたけれども、ど

ちらにしても若干地味で、要素が足りないように思えていた。だから博物館と言われたことで私は妙に納得をしてしまった。

「行ってみる?」

私があんまりに熱心に建物を見ていたので、そう提案したものの、彼女自身はあまりその建物に興味が無いようだった。見なれてしまったのか、元々そこまでおもしろいと思っていないのか、またはもっと重要な、ここに来た目的でもある住んでいた場所の確認をしたいがために気持ちがせいていたのかもしれない。彼女のそういった態度を見て、無理に見に行こうという気はさすがに起きなかったし、荷物も多かったのでいったんホテルに行こうと答えた。

ロータリーと、そこから出ている広い道沿いにある建物は、ほとんどが観光客向けのホテルだった。入り口の前が装飾屋根つきのポーチになっている古いつくりのものから、一階がガラス張りに仕立てられているモダンなビルまで、それぞれ入り口を道路に向けて、タクシーやマイクロバスから溢れてくる客をそのまんまのみこんでいる。今日のような雨模様の日は特別なんだろう、荷物運びも案内係も傘を持って慌ただしそうに働いていた。

小翠はホテルの入り口で、この国の言葉を使ってチェックインを済ませた。タクシーの中で聞いた言葉よりはずいぶん柔らかい言いかただったので、やっぱりあのときの小翠はほんのちょっと苛立(いらだ)っていたか、または緊張していたかのどちらかなんだろうと思った。それが彼女の機嫌によるものだったのか、ひょっとしてタクシーの運転手が、私に気づかないようなやりかたで彼女の機嫌を損ねていたんだろうか。

フロント係の女性はしばらく小翠と楽しそうに談笑したあと、私に笑顔を向けてなにごとか挨拶の言葉をかけてくれた。英語だと思って、サンキューと答えたあとで、実は日本語で声をかけてくれていたのかもしれないと思い返して申し訳なく思う。改装してきれいにはなっているけれども、建物自体には歴史がありそうな、古びたホテルだった。フロントは昔からのつくりのままのようで、今は電子管理になっているため、ほとんど使われていないんだろう。カギや証書類を置くための四角く区切られた棚が背後に並んでいる。

模様のついた絨毯が敷かれて整然と保たれているロビー内では、泊まる人たちがくつろいだり荷物を運ぶ人たちが歩き回る足元に、四つ足の生きものが歩いていた。小型犬か、または子猫に似た同じくらいの大きさの、今まであまり見たことのない種類の生きものだった。そもそも日本ではこういうホテルのロビーの絨毯に、人間以外の生きものがいるということがなかなか無い。そのことも手伝ってこの生きものの存在がとても変に感じられた。

「あれがタッタなのか」

思わず口に出してしまった言葉に、フロントにもうひとりいたスタッフの男性がおどろいて、あなたはタッタを知っているのか、と声をかけてきた。私は、話には聞いていたけれども実物を見るのは初めてですという意味の簡単な英語で答えた。タッタはこのあたりではポピュラーな愛玩(あいがん)用の畜獣としてかわいがられていて、とくに宿や劇場の入り口で飼っていると客の入りが良くなって縁起がいいとされているのだそうだ。近ごろはエントランスに剝製(はくせい)や写真、ぬいぐるみなんかを飾るホテルもあるけれども、うちは古いホテルなので生きているものを飼っているんです、と男性は言った。

「食べないんですか」

とたずねると、男性は笑って、地域によっては食べるようですけど、このあたりではまず食べませんね、と答えた。地域によっては、という気をつかった言いかたではあったけれども、要は田舎者は食べます、というようなニュアンスだった。カウンターの上でなにか記入していた小翠が、その会話に気がついて、恥ずかしそうにしていた。

部屋のドアを開けるとすぐに小翠は、薄手ではあるけれどもこの気候ではちょっとおおげさに見えるジャケットを手早く脱いでハンガーにかけた。キャリーバッグを専用の台に載せて開いて、私のシャツと靴下をベッドの上に並べてから、彼女自身も襟(えり)つきのシャツに着替えた。私に用意された服も彼女の着ている服も、今回の旅のために新しく買ったもののようだった。麻混の半袖シャツで、彼女のものは薄いオレンジと黄色の小花柄、私のものは濃すぎない紺の縦縞(たてじま)が入っている。袖を通すとさらりとした肌触りで、確かにこの湿めっぽい気候のなかで心地よくいられそうなものだった。そのうえここで暮らしている人たちは、ほとんどがTシャツだとかタンクトップという軽装だったので、この襟つきの、しわのない新品のシャツが私たちふたりをきちんとした印象に仕立てているみたいに感じられた。

彼女は私の恰好を見て満足気にうなずくと、肩に小ぶりなバッグを斜め掛けにして、部屋の出口へ向かった。私は、到着してから一度もベッドに腰かけることさえできないのにおどろいて、慌てて後に続く。彼女はホテルを出ると前で停まっているタクシーには見向きもしなかった。そのまま歩行者用の、安全地帯はもちろん信号さえもないロータリーを迷いなく突っ切って、まっすぐに歩き始めた。移動中に穴のあくほど見ていた地図によると、たしかその方角の先には、この地域の中心地の市場が広がっているはずだった。

「本当に変わらない」

彼女の口から洩れた言葉は日本語だったけれど、それでも心の底から出たものみたいに聞こえた。街はずいぶんと長いこと、大きな変化なく人々の生活に寄り添っているのが想像できるくらいに、古いけれどもいきいきして見えた。歩道の化粧石だとか植え込みの灌木(かんぼく)、道端に置かれた長椅子に、退屈そうに腰をかけている煙草屋の老店主。歩道には生活者が、車道にはさっきからやたら見かける奇妙なリヤカーバイクがいて、流れたり停まったりしている。

前に小翠が私に、

「日本のお店の看板はわかりにくいね」

と言ったことがある。

たしかにこの国では店の看板に、店の名前よりも大きく『花』とか『ケーキショップ』『マッサージ』と、英語や現地の言葉ではあるけれど、なにを扱っているのかが大きく目立つように書かれていることが多いみたいだった。日本では『エンゼル』とだけ書かれた看板があっても、実際店先を見てみないとそれが花屋なのか美容室なのか、また喫茶店なのかスナックなのかわからないことがわりとある。私でさえわからないのだから、小翠なんかはなおさらだったろう。

看板の文字が、街の上から別の層に重なっているように見えたのは、そういった『TOYS』『COFFEE』のように、意味がわかるものがたくさんあったせいかもしれない。店に、その場所の解説みたいにしてついている看板が、地図に載っかっている情報の字幕に思える。ネットで見る地図と同じく、文字の情報が景色の上に貼りついて表示されている。そんな場所に自分が実際にいることが、なんとなく場ちがいに思えた。

早歩きの小翠についていく。人混みを半ば押しのけるように潜りこみながら、その中を縫って歩く彼女のうしろ姿は、私たちの住む町で見る、たとえばケアセンターに通うお年寄りと雑談をしている彼女と同じには見えなかった。さっきまで私の目の前にあった小翠の肩は、だんだん遠くなっていく。私はその小さくて簡単に景色に混ざってしまいそうな肩先を、はらはらした気持ちで追いかける。人混みの体温が近くてべたべたした空気の中で、たくさんの派手な色の肩たちに埋まって見えなくなりかけている彼女を、眼で追いかけた。

ただでさえ小さな彼女は、まるで私の知らない、この街にひとりで暮らし始めたころの娘に戻ってしまいかけているように見えた。あの娘はまちがいなく小翠なのに、私のことを知らない小翠で、また、私の話す言葉をわかってくれない小翠なんじゃないかと思えた。

「小翠」

喉からこんな大きな声が出ることに自分自身がびっくりしてしまうほど、私の声は人混みに溶けることなく響いた。いくつもの背中の向こうで、小さな肩をもつ彼女が振り向いた。彼女も怯えた表情をしている。私の大きな声におどろいたのか、もしくは、彼女自身がほんとうに娘のころに戻って行ってしまいそうだったと気がついたみたいな顔だった。

でも彼女はすぐ頬をゆるめて、人をかき分けながら私のところへ来ると、

「ごめんなさい、私、慌てていた」

と言って私の肘に手を添えた。旅の前日、美容院に行って短く切りそろえられた彼女の前髪の隙間から、こめかみに沿って汗の粒が浮かんでいた。私たちの住む町では彼女はどんなに働いていてもめったに汗をかかなかったから、珍しい彼女の様子を私はよそごとみたいに眺めた。

しばらく人混みを移動していくうち、急にまわりの空気が変わった。私や小翠を含

めたたくさんの生きている人間の周辺に、生きものが死んだ後のにおいが満ちているのがわかる。私は、自分が市場に入ったんだな、と気づく。

港の市場は、働く人とその利用客がめいめいの目的のためにぐいぐいと様々な方向に移動している。彼らの力をもろに受けてよろめいたり、彼らを避けたためにまたふらついたりしながら、私はまた彼女についていくことに集中していた。人混みがすごくて、私はうまく市場の活気とか情緒を味わうことができていなかった。商品は地面すれすれの高さに置かれた箱の中に並べられていたものの、それを眺めて歩くことができないほどの混み具合で、市場の蒸れたにおいだけを嗅ぎながら、また小翠とはぐれないように、彼女の腕に手を添えて注意深く歩き続けた。何度か人に声をかけられたけれども、私が言葉を理解しないことに気がつくと、彼らは曖昧に笑って去った。そのたびに横で小翠は小さい声で、この国の言葉でちょっとしたなにかを言う。悪態に聞こえてしまうのは、その言いかただとか、人混みや暑さの雰囲気に、私がそういう印象を受けたからというだけのことかもしれない。あまりよく見えない商品の箱から数メートル横に、さばいた海産物の内臓を貯めたバケツがあって、そのまわりにも人が集まって眺めている。なにが商品でなにがゴミなのかわからなかった。

つい、と彼女に腕を引かれて路地に入った。地面が濡れているのは雨上がりのせいか、市場の普段の状態なのかもしれない。本通りの人混みはなくなって、両脇のコンクリートの壁に挟まれた路（みち）の端では数人の女性がバケツに山盛りの貝をむく作業に集中していた。小刀で殻（から）を鮮やかにこじ開け、貝柱を切って刃の背でザルに身を放り込む。ずっと見ていたいほどすばらしい手ぎわだった。

　小翠は低い声で、作業をしている女性に話しかけた。さっきつぶやいていた言葉に比べるといくぶんかていねいな、たずねるみたいな口調だった。女性のほうはかるく眉をしかめて、ふたことみこと短く答えた。こっちのほうがどっちかというとぶっきらぼうなものの言いかたに聞こえた。道のことを聞いたのか、街のこと、たとえばこれから行く場所が今、どうなっているかということでもたずねたのだろうか。

　すぐ横には、ビニールシートの上に積まれた花の茎を切りそろえて、祭壇に飾るための花束の細工品を作っている子どもがいた。その先に固定されたパラソルの下では、低いプラスチック椅子に腰かけた女の子が丼を抱えて汁麵をすすっていた。狭い路地にたくさんのにおいが混ざっている。細い道は両側の建物のせいで鋭角に捻じれて続いていた。道の真ん中をへこませて作られている排水溝をまたぎながら、器用に飛び石遊びの足どりで小翠はうす暗い路地を進んでいく。私は足を濡らしながら後をついていった。

しばらく裏道の路地を歩き続けると、途中どこかの家の中庭に作られた根菜畑の脇を抜けて、水路というより川と呼んでいいくらいの幅の水の流れにつきあたった。家の壁か柵に使っていた木の板を流用して、急ごしらえで渡してあった橋を越える。渡りながら、板の表面に貼り紙がされているのに気づいた。私には読むことのできない文字が書かれている。今までこの国の看板や印刷物でも見たおぼえのない文字だった。太い筆文字で殴り書き風にデザインされていたからというのもあったかもしれない。挿絵もなかったので、私は貼り紙のおおよその意味も想像できなかった。ただ、貼り紙はその後、壁や屋根にも同じものが貼られていて、さらに角を曲がるごと、路地を進むごとに貼り紙は増え続けた。電柱やベンチ、ポスト、銅像の台座、その辺にある大きな石にまで貼ってある。そうしてついには、なにかのおまじないでお札だらけになった神社みたいな感じで、壁がほとんどその貼り紙で埋まってしまっている建物まで現れ始めた。

「この貼り紙、なんて書かれてるの」

どうしても気になって我慢できず、私は小翠にたずねた。彼女は貼り紙を見ることもなく答える。

「市場を、国が、引越しするって。それは、ハンタイですって意味」

貼り紙の意味を聞いても、どの文字が市場を表わす言葉で、どの文字が否定の言葉なのか、わからなかった。この国の文字のようにも見えるし、ひょっとしたらアルファベットなのかもしれない。

「ああ、なるほど。わかった」

「なに」

「このあたりが地図になかった理由、たぶんだけど」

夕焼けの、石造りの路地で小翠は立ちどまって私を見る。答えようとして、彼女の意外な強い表情にまごまごした私は、早口で続けた。

「日本でも、カーナビなんかを発売するときのことを考えて、ダムとか埋立地、工場の予定地を、前もって地図からはぶくことがあるらしい。湖の中に村が重なって表示なんかされたら、そのほうが問題だから」

「まだ引越しするか、わからないのに？」

「反対運動があるってことは、こじれてるっていうか、予定より長引いてるってことなのかも。地図を新しくする途中で問題があったとか」

「ハンタイするのはあたりまえ。市場は、引越ししちゃダメ」

彼女はこちらが想像していなかったくらいの強い言いかたをした。私はそれで急に、地図にない場所の理由についての自分の思いつきが、小翠の今までの人生にとって、一部分であっても失礼にあたることはないだろうかと不安になった。

「いや、さすがにあそこは古すぎるし、かなり不衛生に見えたけど」

「仕込みの作業場だって、引越しダメでしょう」

「それとこれとは」

「おんなじと思うよ」

彼女が立ちどまったのは、煉瓦（れんが）とコンクリートで組まれたらしき、集合住宅のような建造物の前だった。らしき、というのも、貼り紙でほとんどの部分が覆われている壁が、いったいなにでできているのか、凹凸や覗き見える部分の質感から想像するしかないからだった。

「やっぱりもう、ここにはだれも住んでいないみたい」

私には、この建物が廃墟なのかそうでないのかわからなかった。自分の国のものであれば想像がつくのだろうか。この街に着いてからここに来るまでに見てきた建物で、これよりずっと古くて半分崩れているような場所に人が住んでいたこともあった。なのに彼女はこの建物の外観を見ただけで、ここはもうすでに人の住んでいない廃墟なのだときっぱり言って、うす暗い建物の中に入っていった。

それほど広さの無い入り口から奥は廊下がのびていて、手前には細い階段があった。どちらも体を斜めに傾けないと入りこむことのできないくらいの幅に見える。小翠はためらうことなく階段をあがった。私は足を置くステップの狭さに怯えながら一歩一歩、つま先できしみを確認して後に続く。階段は私くらいの中肉の男でも両壁に擦（す）るほど細くて、壁に立て掛けられたハシゴみたいに急だった。ほんとうに小さな踊り場の天井に電球が入っていた穴はあったけれど、窓が無くて光が入らないために、足元も前もあまりはっきり見えなかった。上の階に昇りきる直前までまわりの様子がわからないので、私は、彼女の小ぶりだけれど筋肉質の、よく張った腿を視界いっぱいに入れることで、自分自身を安心させながら階段をあがった。三階に着いたところで彼女は、

「住んでいたところ、あの、いちばん奥の、右の部屋」

と息を整えながら言った。

天井が低い廊下の、突きあたりにある窓からほんのわずか入る西日をめざして奥へ進んだ。ここまで来て目がなれてやっと、建物にはだれも住んでいないことがわかってきた。天井の照明に蛍光灯は無く、窓枠のうち幾つかにはガラスの無いものがあった。床には捨てられてずいぶんたったらしき食べものの包装紙や空き瓶が、ほこりをまとって散らばっていた（ただ、そのくらいの状況でも当然のように人が住んでいた建物を、今までの道のりでさんざん見ていたけれども）。

旅に来てからもう何度も目にしているのに、やっぱり私には読むことのできない文字が壁に直接書かれている。それが廃墟になってからの落書きなのか、生活者の注意書きなのか。さっき見た貼り紙と同じで、それが怒りによる主張みたいなものなのか、日常の祈りなのか、感情のないただの告知なのかもわからなかった。

彼女がドアを勢いをつけて力強く引くと、錆びて腐った蝶番（ちょうつがい）と南京錠がドアごと崩れて開いた。部屋の中は、つくりつけのものしかないせいか廊下や階段にいたときから想像していたより広くて、散らかってもいなかった。部屋は廃墟になってからも侵入者に荒らされてはいなかったみたいで、多少のほこりがあったといっても、廊下みたいに床がゴミで溢れているというようなことはなかった。

角部屋で二面に窓があったから、夕日が薄く入ってきていた。そのせいで廊下よりもずいぶん明るかった。壁につくりつけのモルタルベッドがあった。となりの建物が近くて、壁に貼りついている看板が見える。ローマ字で書いてあるわけじゃないからどんな意味なのかは当然わからないものの、色合いからして飲食店か、もう少しいかがわしい、アルコールを飲ませるような店の看板にも思えた。窓から差してくる光に浮かぶほこりが、浮遊する生きもののように止まることなく動いている。トイレやお風呂は共同か、ひょっとするとこの建物自体に無いのかもしれない。部屋の隅にある縦に長い窓の下に、薄青色をした琺瑯（ほうろう）製の丸い洗面台が取りつけられている。水の涸（か）れきった蛇口はまだらに錆色をしていて、その一角だけが洗面ボウルと同じブルーのタイル張りだった。ちょうど洗面台の横に、タイル面からはり出したささやかな棚があって、すぐそばに、縁の周囲が変色したコンセント穴があいている。ここが簡易な洗面台か、場合によっては小さいレンジを置き、キッチンとして使えたということなのかもしれない。

小翠は、蒲団（ふとん）を載せるための台といったつくりの、硬いベッドに腰をかけている。私は入り口の近くに立ったまま、ベッドに腰かけた小翠を見ている。両膝の間に手のひらを合わせた状態で挟み、電気もつかない殺風景な部屋を見渡している彼女は、引越ししたての、ひとりで暮らし始めた若い娘のころのように心もとなげに感じられた。

「日本の言いかた、忘れてしまった。昔のこと、いい、楽しい、ええと……」

「懐かしい？」

「そう、そう」

小翠は声を出さないで、息だけでふふっと笑った。私は、彼女が懐かしいという感情を持ってこういう場所にいることをなんだかうれしく思う。私の知らない記憶を、ふたりで共有しているような気持ちだった。

「お友だちと集まってたくさん話をした、ご飯を食べて、本を読んだり」

「集まって本を読むんだ」

私は、ゲームやおしゃべりではなく友だちが集まって本を読む、という遊びかたをしたことがなかった。彼女は笑うのをやめて、声を低くして続けた。

「ほんとうはね、いけないことなの。いけない本。見つかると、怒られるから」

いけない本、というものはどんな種類の本なんだろう。私はそんなに本を読むほうではないけれども、それでも今まで、どんな本を読んでも怒られたことはなかった。みんなで集まってこっそり、良くない本を読んで怒られる、という話がもしあったとしても、たとえばテレビとか漫画、インターネットなんかがないような、ちょっと昔のできごとだと思っていた。でも、彼女が若かったころ、このあたりではそういったことが起こっていたのかもしれない。それが家族とか友だちの中で禁止されてるような個人的な、狭い社会の中での問題なのか、それとも学校とか地域の問題、または国単位での大きな問題なのか。彼女の話だけだとよくわからなかった。

「なんで、島を出てこの街に来たの」

小翠は、問いかける私のほうを見上げた。そうして短い間考えてから答える。

「わからない。でも、あのときは、あの島から、家から出なくちゃと思ってた」

「なにもないから?」

「ちょっとちがう。ええと、たぶん、増えすぎた」

「増えすぎたって、家族が?」

「それもちょっと、ちがう……」

窓の外から、人の生活音や例のキメラみたいな妙な形をしたリヤカーバイクに組みこまれたディーゼルエンジンの唸り音が聞こえてくる。小翠は立ちあがって、手を伸ばしてタイルに触った。目地はコーキングが剝がれてしまって、下地の黒いセメントが見えていた。

「カベとか土とか、こういうすき間にもビセイブツはいる？」

小翠がたずねてきた。私は、ああ、もちろんと答える。

「タッタみたいな小さい生きものにも」

「だいたいのものにはね」

「その小さい生きものの中にも？」

「そういう考えかたをするんであれば……」

「その中にも、また」

いきなり遠くで、パン、という軽い破裂音がした。市場のほうからだった。何回も何回も立てつづけに聞こえる。花火にしてはまだ日が高くて、でもたとえばお祝いごとなんかで使うような爆竹やクラッカーみたいなものよりは規模が大きく、音の間隔が長い気がする。私は注意深くその音を聞いていた。

しばらくすると、そこに小翠の荒い湿っぽい息づかいが混じって響き始めたのに気がついた。見ると小翠はベッドに腰かけたまま上体を折って、自分の膝に額をつけるみたいにして苦しんでいるようだった。小翠のほんのちょっと見える横顔が、初めて会ったときと同じ草色に変わっている。どうしたの、大丈夫、と聞くこともできないほど、あきらかに具合が悪そうだった。

「うう」

小翠はゆっくり上体をもち上げ起き上がると、力の入らない足どりで二、三歩琺瑯の洗面台に近づいて、その縁に手をかけた。肩が、普通では考えられないほどの振れ幅で、呼吸の荒さに合わせて上下している。

私は小翠の表情をもっとよく見なくちゃと考えて（もっとよく見たいという好奇心が湧いて?）、後ろから慎重に、ゆっくり近づく。小動物を捕まえるみたいな注意深さだった。なにに対して気をつけて、なにに逃げられないようにしているんだろうか。彼女の真後ろまで来ると、鼻先に、私もよく知っているにおいが、彼女の首筋からただよってくるのがわかる。飛行機に乗って市場の中を歩いて、もうだいぶ薄れていたはずの、家で使っているシャンプーの香料が、彼女の体内の熱気によって復活しているみたいだった。小翠のそのにおいで、私は詰め替え用のシャンプーが自分の家の脱衣所にある引き戸に入っていたのを思い出していた。きっといま彼女の体温は、さっき通ってきた市場の熱気よりもずっと高いんだろう。

彼女の肩甲骨（けんこうこつ）の間あたりに手を添えると、麻の布越しにそのくぼんだあたりが汗の溜まりになっているのが手のひらいっぱいに感じられた。ものすごくびっくりして彼女に触れた手をはなす。

「ううう」

彼女は丸めた背中を今度は突っ張らせ、洗面台に乗り出すようにしてうめきだした。さっき私が触れたあたりから一瞬でシャツの背いっぱいに汗の染みが浮かぶ。

「おおおお　おおおお」

ふだんほがらかな小翠の、こんなに切迫した唸り声を私は初めて聞いたと思う。というか、人がこんな声をあげるのを聞いたのは初めてかもしれない。どんな国の言葉でもなかったし、むしろ、声というものにすら聞こえなかった。きっとどの国の人が聞いても普通じゃないと思える声だった。彼女の声でなく、まただれかひとりの声でもなく、彼女の中にいくつものなにかがいて、その合声に聞こえた。私は彼女が痙攣（けいれん）している様子を二、三歩後ろににじり下がって眺めることしかできなかった。うめきは徐々に悲鳴と嗚咽（おえつ）とが混ざっていった。救急車を呼ぼうにも携帯は使えるようにしていないし、だいいち、この国では何番を押せば呼べるのかもわからなかった。

私は、少なくとも大人になってから今この瞬間まで、怖くてうろたえながら涙を流したことは一度もなかったと思う。

彼女のうめきが終わって、ごぽ　ごぽ　かぽん、という、のんびりした音が洗面台からあがった。

私は彼女の肩越しに洗面台の様子を覗きこむ。ボウルの中には、半分透きとおり、人工的な黄緑色をした液体が溜まっていた。角度によってほんのわずかに遊色している、ガソリンっぽい色にも見えた。彼女は縋（すが）っていた洗面台の縁に手を残しながら、下部にむき出しになった排水パイプのS字部分に額をぶつけ、そのまま両手を上げたバンザイの状態でほこりの積もった床にうつぶせで倒れた。

私は彼女を助け起こすこともしないで、洗面台の中の液体を注視していた。窓から差しこむ夕日に光る液体は、彼女の胃から出たにしてはどう考えても量が多くて、丸い洗面台のボウルいっぱいに溜まっていた。手を伸ばして人差し指を液体に浸ける。

まず半固形の抵抗があって、私の指はそのあとに緩いゼリー状の中へ迎えいれられた。温かくて粘りけのある液体は、およそ人の体内にあったとは思えない質感だった。粘る水分を指先ですくい取って鼻先に近づけると、先ほどまでいた市場のにおいが流れ込んできて私の頭（心？）の中にひろがった。海産物のような、ゴミのような、排気ガスのような、または供え物の花のような。

私はしばらく、指先に絡めた液体を眺めていた。指の表面で、滑らかな透明の中にとても細かな浮遊物が忙しそうに動いて見えるのは、重力や表面張力のせいかもしれないし、またそうではなく、別の物理的な約束ごとのためかも。

目を凝らして注意深く見ていると、小さい浮遊物は動いて文字の形になろうとしているように見えた。まるで、ものすごく高い空の上から人文字を作っている小さい人間を見ているみたいな。ただそれは、私がふだん使っている文字というようなものではなくて、この部屋の窓から見える看板だとか壁にある、なにかの読めない文字が液体の表面に映り込んでいるだけなのかもしれなかった。

小翠の体から出てきたこの液体の正体がどういうものなのか、安全なのか、小翠が大丈夫なことをこの場で確認するうまい方法がなにかないか、私はそれなりに長いこと考え続けていたと思う。その間、小翠のたえまない息づかいも外の定期的に続く破裂音も、私の耳には入ってこなかった。

私は眺めていた指先をゆっくり口の中に含んだ。舌先に感触があった。なのに、水だってもっと味があるんじゃないかと思えるくらい完全な無味無臭だった。私は、前に小翠が言った、

「私たち自身とまったく同じ味だったから、私たちはその味を『無い』と思ってしまったのかも」

という言葉を思い出した。怖くなって、耳に指を突っ込む。勢いよくやりすぎて、痛くて喉から変な音が出てまた涙が零れた。でも耳からはなにも出てきそうになかった。

ほっとして、息を整えたすぐ後だった。

私は今まで食中毒を起こしたり、意図して毒物を飲んだことは無いけれども、そういったときに起こるんじゃないかと思われるくらいの、体内に侵入してきたものを全

身の細胞がいっせいに拒絶するようなものすごいめまいがして、倒れている彼女のすぐ横にしゃがみこんでしまった。全身が発熱して、痙攣が起きる。さっきの小翠の様子を思い出す。きっと彼女はさっき、このくらい苦しかったんじゃないだろうか。何度も目を薄く開いて、腕に力を入れて起き上がろうとするのに、力が入らない。床に体が吸いついて、体を持ち上げることができなかった。ふんばりそこねて手が滑って、彼女が倒れている横、床の上に転がってしまう。重い膜が張った視界の端で、窓の外に見える建物の看板に電気がつくのがわかった。耳がぴったりと床についていたから、あの破裂音が、頭蓋骨の中でさっきと変わらない一定の間隔で響いていた。まだあの音は続いていたんだ、と思う。体は床に貼りついて動かなかったのに、意識ははっきりとあったので、いろんなことを考える。おもに、小翠について。

小翠はこの部屋にひとりで、あるいは父親や母親、親族のだれかといっしょにやって来た。

私はそのころ、変わらずあの町で作業をしていたんだろう。あの、ガラス張りの作業場で。家族で。

彼女がひとりでこの部屋に来たとき、あるいは、親が帰って部屋にひとりになったとき、最低限の家具すら揃っていないこの部屋で、どんなことを考えたんだろう。大人数で暮らしていた島の家を出た小翠は、この小さな洗面台でていねいに手を洗う。鏡には背伸びをしてやっと顔が顎のあたりまで映る。彼女はそこでちょっとだけ、前髪を整える。そうして横にある小さな棚に置いた電熱器のコード束をほどいてプラグをコンセントの穴に差し、それから鍋を載せる。ふたに花の柄がはいった、赤い琺瑯の鍋。ひとり暮らしのために彼女の母親が用意した、大家族には向かないサイズのもの。

　近くの市場から買ってきた、私が見たこともない形や色をした魚を、青く透きとおった手提げのビニール袋からずるずると取り出す。丸い洗面ボウルの縁に渡しかけた不安定なまな板の上で、果物用のナイフで、なれない手つきで内臓を引きずり出して身を洗う。そのときに市場で買った魚の骨や棘（とげ）、あるいは包丁で指を怪我したかもしれない。私は出血をした指を口に含んだ、娘時代の小翠の姿を思いうかべた。

　小さな窓のついたこの部屋で、彼女はいったい何度くらい、家族のいない食事をしただろう。床やベッドに座って器を膝に載せ、箸で摘まんだ煮魚を吹いて冷まし、口に運ぶ。ときに友だちとこの部屋で食事をしたこともあっただろう。密かに友だちを呼び、私が読めない文字で書かれた本の回し読みをしていた娘時代の小翠。その当時彼女を取り巻いていた社会というのは、どんなものだったんだろう。

この街にいる人たちは彼女よりも背が高かった。彼女の肩が埋まってしまいそうになった人混みだとか、高い位置にあるホテルのカウンター、部屋の流しにつけられた鏡、ぜんぶ彼女には大きすぎていた気がする。小翠のいた島の人たちは、この国の多くの人たちともまたちがった民族なのかもしれない。だとしたら、この街でひとりで暮らして、それから私の町に来て私と家族になった小翠の、体の中にいる小さな生きものたちの居場所というのはどこにあるのかと考えた。

初めてひとり暮らしをした日の夜、人はどんな食事をするんだろう。私が経験したことのない、その食事というのは人にとってどんな意味を持つものなんだろう。自分が暮らすために持ってきた荷物の包み、荷ほどきもまだ済んでいない荷物以外になにもない部屋で、初めての場所で、初めて自分のためにだけ買った食べもの。食べたことのない、島以外の場所でとれた魚や野菜、初めての蛇口から出す水を飲む彼女。初めて会ったとき、私の手から、冷たい紙パック入りのお茶を受け取った彼女の手。

私は床に倒れたまま手を伸ばして、左右を探り、彼女の指先を見つけるとつかんだ。指先が、勘ちがいかもしれないと思えるくらいほんのかすかに握り返してきたと感じたことにとても安心して、私の意識はそこでとだえた。

もう窓から漏れてくる光が西日ではなくて街の看板類のネオンに変わってしまっていた。私は目を覚ましたらしい。目を薄く開けて、頭を動かさずに視線だけを慎重に、ぐるりと回した。コンクリートの天井や壁に、知らない言葉で書かれた看板の文字が映し出されている。元の文字からしてすでに読めないうえに、デザインされたロゴになっているし、そうして一部はどこかの窓ガラスからの反射で鏡文字にすらなっているにもかかわらず、私にはその光がどういう意味の文字なのか、なんとなくわかった。

海鮮レストラン、ダンスショー、カードを使ったかけごとかなにかの遊戯場、占い。ひとつずつ確認しながら視線を動かしていくと、部屋のベッドに小翠が座っているのが、足先だけ見えた。なんの色もついていない爪は、ていねいに切りそろえられている。薄い茶色の、革製のサンダル。彼女がこんなサンダルを持っていたことも、私は知らなかった。

「起きたね」

小翠がかすれた声で言って立ちあがると、横たわっている私のそばまで近づいてきた。私は彼女が差しだす手を借りて起き上がると、硬い床に寝続けたことで痛む腰を伸ばしてから、ボウルを覗きこむ。すっかり暗い部屋の中であの液体は、錆で狭くふさがっていた排水溝から流れ出てしまっていたようで、ボウルの中はもう完全に乾いていた。私は思い出して、手の甲で自分の頬を触ると、涙も乾いている。

「ごめんなさい」

言った彼女自身も、とても動揺しているみたいに見えた。視線が私の足元のあたりをおろおろとさまよっている。

「なんで？」

「だって、私」

「謝るようなことはなにもしてないよ、戻ろう」

私が言うと、小翠は蛍光色のネオン光でもわかるほどほっとした表情になった。


建物を出てホテルに帰ろうとすると、市場の周囲は立ち入りを制限されていて、通ることができなくなっていた。周囲の通りには、行き場がなくなった利用者がさっき以上に溢れていて、消防車と戦車が混ざった不穏な姿の乗り物が何台か、市場の本通りに入ることができずに警告の灯りをつけっぱなしにして縦列に停まっていた。小翠について幹線道路まで出てタクシーを拾い、ホテルの前にあるコンビニエンスストアでボトルのお茶を買う。そして部屋に戻ると温かいシャワーで肌や髪の毛にまとわりついていたほこりや泥を落とした。彼女が用意してくれていた新しいシャツを着て私が戻ると、小翠は薄暗い間接照明の中でテレビを見ている。ニュースでは、さっきまでいた市場の近くが映し出されていた。不穏な形の特殊車両と軍人が、揺れる画面を横切って走っている。日本のニュース番組と同じようなデザインで、画面の上下左右にその映像に関係する文字情報が入っていたけれども、読めなかったのであの市場でいったいなにが起こったのか、画面だけでは私にはわからなかった。

小翠はベッドの横にある籐椅子に腰かけて、髪の毛の水分をタオルで乾かしながら、テレビの中の、緊張感の中で早口に話す人たちを見ていた。集中している彼女の顔が、液晶画面の光でいろんな色に照らされている。

そのあと私たちはホテルのフロントで教わった、旅行客に評判だという大通り沿いの店に入って夕食を食べた。外観は古い民家を模しているけれども新しく小ぎれいな内装の店で、地元料理を今風にアレンジして出しているらしい。外国人の利用客が多いわりには、それほど高級なレストランではなかった。

このあたりの名産品である海産物を使っていながら西洋風に味つけがされた料理は、街中の市場の人たちが食べるものより風味にくせがなく、丸い味わいに工夫して作られているんだろうと予想ができるものばかりだった。烏賊の輪切りを卵の白身で衣揚げしたものに、柑橘風味の白湯であんかけに仕立てた前菜や、挽いた魚肉を練ったものを包んだ、小さい餅粉の団子を浮かべた塩味のスープ。ふだんであれば現地の人が食べるものが食べてみたいと思う私も、今は疲れているからか、この毒気の無い味がとてもうれしかった。蜂蜜で甘みをつけた冷たいゼリーといっしょに、蓮の実を使った薄い茶が食後に出されて、そのお茶の温かさが体の中にしみこんでいった。体の中から安心感みたいなものがにじみあがってきて、普通のレストランでは珍しい、座る面の低いソファに深く腰かけなおした。テーブルを挟んだ向かい合わせで私の様子を眺めていた小翠は笑って、私を真似してソファに深く体をもたせかけた。

「市場の騒ぎはテロかなにかだったの」

私はたずねた。彼女の答えは、ちょっと意外なものだった。

「ちがう、魚が爆発したって」

「魚が？」

「うん、ええと、魚のゴミ、くさって、ガスが溜まって」

「そんなこと、あるんだ」

小翠は短く考えてから言う。

「初めてかどうかはわからないけど、昔はこんなことなかった」

「そんなことが起こっちゃうなら、市場、やっぱり不衛生なんだよ。新しくしたほうがいいんじゃないの」

私の言うことを意地悪だと受けとめたのか、口を尖らせて首を振った後、

「ひょっとしたら、だれかがわざと爆発させたのかもしれない。魚バクダン」

と言った。私は、彼女のような人が冗談めかしてとはいえ陰謀論のようなことを口走ったので、ちょっと意外な気持ちがした。

「魚のゴミ爆弾なんてやっかいだな。怪我人は出なかったんだ」

「タッタが三匹くらい死んだって」

「ああ、あれ。ホテルのも放し飼いだったしね」

「ゴミに近づくから危ないの」

「まさか、タッタの自爆テロなんじゃないの」

私はさっき彼女の言ったことを受けて、若干深刻ぶって言った。小翠は笑って続ける。

「ジバクじゃないでしょう。ぜんぜんちがう」

「タッタに革命の大義もないか」

「タッタを人が動かしてるわけでも、たぶんない」

猫舌の彼女は長いこと蓮の実のお茶をふうふうと吹き冷ましながらしばらくのあいだ考えごとをしてから、私にたずねた。

「タッタの中の虫と、ヒトの中の虫、市場の中の虫、ゴミの中の虫と、全部は、ちがう虫？」

「いや、種類はたくさんあるから同じものもあるかもしれないけど、でも、同じ種類の虫だとしても、それぞれは別の虫だよ」

「虫はそれぞれ一個ずつちがうまんまなの」

私は、小翠がなにを言いたいのかよくわからなかった。

「私たちも、一個ずつちがっちゃったら、あっという間に最後の一個になっちゃうんじゃないかって思うんだけど」

口を尖らせて彼女がお茶を飲むのを私は注意深く見ていた。酒を飲んでいるわけでもないのに、目の前にいる彼女の頬は上気して、桃の実の色に変わっている。ソファの柔らかさに包まれて、ここが部屋じゃないことを残念に思った。もうややこしいことをいっさい考えないで眠りたかった。

ホテルに戻るとすでに気持ちよくエアコンが効いていて、私は、普通に考えればちょっと様子のおかしい今日起こったいくつかのことをなぞって考え直したり、確認しあう短い時間を持つ気力もなく眠ってしまったらしい。

夢も見ることができない、目を瞑(つむ)ってから次に開いて目を覚ますまでの時間の感覚がまったくないくらいの深い眠りで、当然彼女のほうも同じように眠っていると思っていたのに、起きると昨日のあの部屋のときと同じに、先に小翠が起きてベッドの縁に座っていて、すでに服も髪も、出かける準備をすっかり整えて私が起きるのを待っていた。私は上体をよじって身を起こした。私が目を覚ましたことに気がついた彼女は、

「小さいハモノが必要なんだよ」

とだけ言って、部屋から出ていってしまった。私はその言葉の意味がまったくわからなかった。起き抜けで、彼女が部屋からいなくなったことの意味を考える気力もわかなかった。

ぼんやりとした頭で思う。きのう、私がほこりの積もる床で目を覚ましたとき、小翠は、看板の文字が壁や天井に映し出されている部屋の壁寄りにあるベッドの縁に座っていた。意識を無くして眠っている私を起こすこともしないで、なにかを見て、考えごとをしていたのかもしれない。この街で彼女は、私と同じように看板なんかの景色を見ても、きっとまったくちがうものに見えている。そう考えたら、急に理不尽な思いがした。冷静に考えたら、彼女は私といっしょに暮らしているあいだだって、ずっと同じように不公平だったんだろう。それでもどうしても、彼女の見ている、私が見ていなかった景色の端に、横たわる私はいたんだろうか、私は彼女のそのときの姿を見ることができていなかったのに？　というようなことを考えてしまって、どういうわけか裏切られでもしたぐらいの気持ちになった。

それほど時間がたたないうちに、彼女は部屋へ戻ってきた。そうしてキャリーバッグの中から一冊の大学ノートと鉛筆を取り出して、ドレッサーのテーブルの上に置いた。消しゴムが後ろについた、五本がひとつの袋に入っているもので、小学生のころには私もよく使っていたタイプの鉛筆だった。

「鉛筆、折れちゃうと思ったから削ってこなかった。でも、飛行機でハモノを持ってこれないの忘れてたね」

彼女は籐椅子に座って、ホテルのフロントから借りてきたカッターナイフの刃を、長めに出した。日本で一番よく見る種類のものよりも、ひと回り大きい刃のカッターだった。部屋に備えつけの小ぶりなゴミ箱を膝で挟んで固定して、その上で鉛筆を削る。木の削りかすをゴミ箱の中に落としながら、今日また市場のほうに行きたいと話した。ただ、今日は、あのアパートのようなどこか決まった目的の場所に行きたいというわけではなくて、

「これから市場を散歩して、地図を描きたい。でも、忘れてるから、迷って時間がかかるかも」

彼女は先を尖らせた鉛筆を脇に置いて、また次の一本を手に取った。私は言う。

「昨日の事故のことがあるから入れない場所も多いかも」

「でも、無い地図は作らないとだめでしょう。忘れかけてたところをずっと覚えておくために、メモをしながら歩くの」

そう答えながら小翠はカッターの刃の先のほうを使って、鉛筆の芯のところをていねいに尖らせていた。私はふだん日本でも鉛筆を使うことなんてほとんどない。子どものころにしたって、専用の鉛筆削り以外で鉛筆を削った覚えはなかった。カッターで器用に削る彼女の手元を、私は感心しながら見ていた。

彼女の持っているノートの表紙にはCAMPUSと書かれていて、鉛筆には見なれた日本の企業のマークがついている。印字されている言葉が日本語でなくても、自分の住んでいる国で使われているものだということがわかった。ノートや鉛筆なんてこのあたりでも買えそうなのに、と私が考えていると小翠が言う。

「手伝ってほしい」

今回の旅の始まりのときも思ったけれど、彼女が私に頼みごとをするなんてことは今までほとんど無かった。そんなに鋭くすることはないんじゃないか、とちょっとはらはらするくらいに、小翠は鉛筆の芯を尖らせている。刃物を持って、手にした細い棒の先を鋭く尖らせながら頼みごとをされると、私は強迫されてでもいるような気持ちになった。

彼女は手元にあった五本の鉛筆をひととおり削り終えた。最後の一本の先っぽをふっと吹いて、付いていた黒鉛の粉を飛ばしたあと、満足げに袋に戻し、ノートといっしょにショルダーバッグに入れた。それからドレッサーに置いてあった箱のティッシュを一枚引き出し、それを使って注意深く拭ったカッターの刃をスライドさせて納める。私は答えた。

「時間がかかってもいいよ。特別にほかのものが見たいわけじゃないから。急がないし、ちょっと疲れてるし。ゆっくりでいいんじゃない」

旅行者の私が昨日見て回っただけでも、あの市場やだれも住んでいないアパートの周辺は、もうこれから先、長くはあり続けないんじゃないのだろうかと思えた。歳をとった煙草屋の店主だとか、ビニールシートの穴をガムテープで幾重にも重ねてふさいだ屋台通り、あちこちついたり消えたりを繰り返す、光る文字の看板。そういったものが劣化を続けて、新しいものが追加されなければ、ほかの使い勝手のいい場所にだんだん人は移っていく。

たくさんの人たちが昔から生活していた場所をちょっと移動させるだけだ、と言ったって、もしそこが私の生まれ育ったところだったら、私はいったいどういう気持ちになるんだろう。この『移動』は、今は住んでいない、以前一時期だけ暮らしていたという彼女にとっては、どんなできごとだったんだろう。

「外側から見てた、地図がぼやけていたところのそばに、今私たちがいるんだよね」

と確認するように彼女が言う。彼女の意思から始まった短い旅だし、彼女が計画したとおりに、行動したいようにして終わらせてあげたかった。この私の欲求というか意思みたいなものは、彼女がここに来たいと言いだしたときの、意思に見えるなにかと同じくらいにはぼんやりしていた。

「今まで、仕事とか家のこと手伝ってもらうばっかりだったし、今回はこっちが手伝う順番ってことでいいんじゃないの」

と私が言うと、彼女は座っていた籐椅子に一度体を沈み込ませ、軽く両足のつま先を上げ弾みをつけて立ちあがった。

　昨日歩いた道は、目的地のアパートまでの最短距離だったけれど、小翠は昨日とまったく別の道を選んで歩いた。昨日進んだのはどこか目的の場所にたどりつくための無駄なところがまったくない道を選び、今日のは全部の道を通ること自体が目的になっている道を選んで進んだ。ただ、街にある道は区画整理されているとはとても言えなくて、全部進むのに、端っこから計画的につぶすやりかたを選ぶのは難しかった。

　ひとつの通りを進んで、曲がり角ごとに右、左と交互に向きを変え、あるていど遠ざかった地点で、今度は右、右、と何度か同じ方向に曲がりつつ進み続けると、いつの間にか最初の地点に戻ってくる。その次にさっき進んだ方向と逆に進む、いつしかまた元に戻る。そんなことを繰り返して、小翠の抱えるノートの余白は線や文字で埋まっていった。ちゃんと確認してはいないからわからないけれども、上空から見るとたぶん私たちは一筆描きで花をかくのに近い軌跡をたどっているんだろう。覗きこんでも彼女は嫌がったり隠したりはしなかったし、ときには私に見せに来たりもした。ただ、私はそれを読むことができないどころか、書かれているものが文字なのか道の

線なのかもわからなかった。手伝ってと言われてはいたものの、私は彼女に、

「あそこになんのお店あったかなあ」

と聞かれてもそれがどういった種類の店かうまく答えられなかったり、

「これであってるかなあ」

と見せられた場所に書きこまれた情報が、正解なのかどうかもよくわからなくて、特別に手伝いと言えることはなにもできないまま、ただ彼女の後について歩くことしかできなかった。


昨夜のことがあったからあたりまえなのかもしれないけれども、市場の太い通りは立ち入りが制限され、ほかにも入れなくなっている場所があちこちあった。店舗も屋台も閉まっている場所が多くて、景色は昨日に比べてずいぶん殺伐（さつばつ）としている。この種の危険なことがあると、観光地は警備が大変なのかもしれない。ただ、小さい規模になってはいたけれども、市場の人たちはその隙間でうまいこと商売を続けていた。開いている店には買いに来る客が集中していたので、そこはかえっていつもよりも繁盛しているんじゃないかとすら思えた。どんなことがあったって毎日の生活を送らな

くちゃいけないというのは国がちがっても同じで、私は自分の母が入院したときの、家の中のことを思い出していた。家族ひとりが危機にあったってシャンプーは減るし、洗濯物は出る。だれかが代わりにやる場合に、引きつぎにまったくエネルギーが必要ない場所なんてないのだろう。

小翠は入れないように封鎖してある場所でも、ひるむことなくどんどん入っていった。ビニールテープやブルーシートが張られていてもそれが当然のようにして跨いだりくぐったりして進んだし、シャッターがほんのわずかしか開いていないガレージにも小さい体をうまいこと潜りこませた。私はついていけるところはついていって、とても忍び込めないと思えるところだとか、彼女の足手まといになってしまいそうな場所には近寄らないで、通りで待っていた。彼女は店の人や軍人に見つかって注意されると、ここが入ってはいけない場所だったことに気づきませんでしたという顔をして謝り、一度なんて私といっしょに、言葉がわかっていないふりまでした。困った顔の軍人が私たちの元を離れる途中で、耐えられなくなって口元をゆがめて笑う小翠につられないようにするのが大変だった。

若干時代がかってはいるけれども立派なビルの上に、鉄骨が錆びた大きな看板が立っている。建物自体の会社名を載せている看板ではなく、広告用に場所を貸しているといった種類のものだった。剝がれかけ、表面はかなり時間がたって日に焼けて、薄くなっている。看板は、茶色いビンを持って男性が笑う大きな写真の、印刷か、ひょっとしたらリアルに描かれた絵かもしれなかった。私はこの看板に見覚えがあった気がしてしばらく考えて、

「思い出した」

「なに」

小翠が別のほうを向いたまま立ち止まる。多少デザインはちがうけれども、空港を出てホテルまで行く車の窓から見た看板で、母と子が持っていたビンと同じものにまちがいなかった。母子が持っているか、男が持っているかでかなり印象が変わって見えた。

「これ、なんの宣伝なの」

私がたずねると、小翠はこちらのほうを振り返って、私が指をさすほうを見上げ、

眩（まぶ）しそうに看板を眺めて考えたあと、答えた。

「これは、おしょうゆみたいなやつだよ」

「調味料か」

「魚で作るの。昔からある。この国だと、どの家の台所にも置いてあるよ」

　魚介類を発酵させて作る調味料の文化は世界各地にあって、日本にもたしか、かなり昔からそういうものが作られていると聞いたことがあった。ただ、こんなに立派なビルや空港の近くに大きな看板があるということを考えても、国の中ではかなり有名で一般的な商品なんだろう。彼女は見上げたまま言う。

「これはね、昔の看板。この男の人は社長。前の宣伝は社長がやってたの。でも、あんまり人気がなかったから、今のものはお母さんと子どもになったの」

　たしかにこの、艶（つや）のある高級な背広を着て、歯を見せながら笑う年配の男は、福々しくはあったけれどもどこかうさん臭くて、なんとなく家庭用の食品の宣伝には不似合いだった。私には漢方だとか強壮薬のたぐいの商品を宣伝する看板に見えた。

「前はこの街に工場があったの。今はもっと大きい工場、もっと、山のほうに」

このあたりは、小翠がここの街に住んでいた時期に、調味料の製造工場が建っていたところだったという。新鮮な海産物がよくとれて、市場も飲食店もあるこの場所は、作るのにも売るのにも都合が良かったのだろう。この看板は、彼女がいたときからこの景色の中にあったものなのかもしれない。

「工場はねえ、たくさんの女の人が働いていたの」

小翠がまたゆっくり歩き出した。今日、彼女は道のあちこちで立ち止まる。昨日の急いでいるときとも、日本にいるときともちがう、街のいろんなものを注意深く拾い集めていく歩きかただった。

「ここ」

しばらく歩いて、もう何度目だろう。彼女が立ち止まって声をあげたのは、変わった形の建物、昨日ホテルのそばから見る斜面にあった博物館の前だった。建物は近くで見ると遠くから見たときほど奇抜には見えない。確かにつるんとして変わってはいるけれどもかなりシンプルなものに見えた。小翠は、私が昨日この建物を気にしていたことを覚えていたんだろうか。それとも、本当にこの街にはここぐらいしか見たりするような施設はないんだろうか。

「入ろう」

と提案してきた彼女に、どう答えるか迷った。私はたしかに昨日この建物の外観が気になってしばらく見ていたけれども、建物の中身にはそれほど興味がなかった。私はそのことを伝え、さらに、

「地図は大丈夫なの」

とたずねた。彼女は答える。

「いっぱい歩いたからね。ちょっと、休憩」

たしかに今日はずっと外を歩きどおしだったし、この旅のあいだ、観光というような観光もしていなかった。この施設がそれに向いているのかはともかく、ちょっとくらいこういう場所に入ってゆっくりしてみてもいいんじゃないかという気持ちと同時に、それでもやっぱり、彼女が地図を作ることの邪魔になってしまったらいやだな、というためらいもあった。

この街はたしかに大きくて古い観光地ではあるけれど、観光客のほとんどは市場や

屋台でご飯を食べたり、あてなくぶらぶら歩いて楽しんでいて、文化的な施設を見たりすることには向いていないみたいだった。歴史がないわけでもないのに、この博物館にしても入り口は殺風景で小さく、人がたくさん入ってくることを想定したつくりにはなっていなかった。

私は、あることを思い出す。

「前に、通ってた小学校からなんかが発掘されたって話、聞いたと思うんだけど」

「そう、学校行けなかったのはそのせい」

「発掘で見つかったもののこと、ここで詳しくわかったりはしないの」

「アー……」

彼女は視線をくるっと上のほうに向けて、そのあとゆっくりと右、左に揺らしながらなにか、自分の過去だったり、または頭の中に今あるものを探っている表情をした。

「小翠は気にならない?」

「忘れてたってことは、気にならなかったのかもしれないなあ」

今の彼女の様子を見ているだけでも、やっぱり小翠にとって遺跡が発見されたということは、学校に行けなかったという恨みごと以上のものではなかったのかもしれないと思えた。

いっぽうで私のほうは、自分の住んでいた場所でもない彼女の故郷に、彼女が生まれるずっと前から住んでいた人たちだとか、あったもの、生まれた文化にとても興味が湧いていて、ここに入ってそのことに関係するなにか、ほんの少しのことでも知りたかった。そうして、その好奇心にまた、彼女には悟られたくない、旅の前と同じようなちょっとした後ろめたい恥ずかしさも感じていた。


その建物は、外側だけでなく内壁もセメント造りで飾り気がなかったので、そのぶん中に入ると広く感じられた。入り口には木製の募金箱が、鉄の台に打ちつけられて設置されている。台のところには金額の決まっていない『寄付のお願い』を意味する小さい看板がついているだけで、入場は無料だった。

軍服を着た女性がひとりだけ、入り口の前で暇そうにしてパイプ椅子に座っている以外は、カタログやポストカードの売店もない。昨日までの短いあいだで私たちの手元にできたわずかな小銭を箱の中に入れると、金属音で気がついた軍服の女性はちょっとおどろいた険しい顔で私たちを見て、そのあと座ったまま首から上の動きだけで館内に入るように、歓迎とは言わないまでもひとまずは私たちを追い返さず受け入れるしぐさを見せてくれた。

建物に入ってすぐのところ、吹き抜けの空間には大きい木製の船が置かれていた。船の胴体の両脇には組み木が敷いてあって、人が船の下にもぐって見上げ、覗きこめる形で展示されている。腰をかがめて船の下に入ると、使われていた状態の船であれば水面の下にあたるところに、いろんな記号や番号が彫られていた。

どうやら海に出る船というものには国の中で決められた個別の識別番号がついていて、遭難して沈んでしまったとしても、どの港から出て、どういうルートをたどってどこに向かっていたという情報だけではなく、どんな荷物を積んでどういう人を乗せていたかまでわかる仕組みになっているらしい。現代はもっと簡単に、そうして厳密な仕組みができているだろう。ただ、昔も多少面倒なやりかたをしつつも似たようなことが行われていたみたいだった。

この船は原寸大の復元模型で、実際に使われていたものではなかった。ずっと昔、こういった船を使って入植者が入ってきて街を作り、現地の人と交流し、外の人と行き来したことでこの港は発展していったという。大きいといっても、現代の人間から見ると長距離を航海するにはずいぶん細長くて心もとない船ではあったけれども、とにかくこういうもので『この街の最初の人たち』はこの国に来た。

船のそばに、意外なものを見つけた。アクリルケースに入った四つ足で胴の長い毛むくじゃらの小さな塊は、茶色く薄汚れてはいるものの、ホテルや街中で見たものと同じだった。

「タッタの剝製」

それはひと目で、ぬいぐるみでも模型でもなく剝製だということがわかるものだった。目はガラス玉をはめ込んだだけで、口は嘘くさく牙をむいていて、動きも不自然にポーズをとっているふうに見えた。ぎこちなさとか滑稽(こっけい)さに関して、専門的な知識はないのに、私はなんとなくこれが剝製だと確信することができた。小翠によるとやはりこれは剝製で、たぶん、詳しい人が見たらとてもへたくそな出来なんだろう。

「船に乗せてたんだって」

小翠が説明書きを読みながら私に教えてくれた。タッタというのはもともとこの場所にいた生きものではなくて、食用のためか愛玩用のためかはわからないけれども、どこかよそから船によって運ばれてきたものが多少形を変えながら定着したのだそうだ。ただ、元々いた国のものはおそらく乱獲だとか疫病によって絶滅してしまっていて、だから今はこの国にしか生息していないらしい。

このへんにいるタッタは、島にいるものよりだいぶ大きいと彼女は言った。私もこの街に来たとき、実物を見て、小翠の話から想像するより大きいと感じていた。

「そういえば、今日は見ないね」

昨日はあちこちで見かけたのに、朝ホテルを出るときも、市場の周囲をあちこち見て回るときも、今日になってから私たちはまだ一匹も動いているタッタを見ていなかった。昨日のことがあって、どこかに隠れたり逃げこんだりしているんだろうか。

船が展示してある入ってすぐの吹き抜けを中心にして、扉のついていない小部屋の展示室がいくつか並んでいる。それぞれの入り口に、どの地域の、どの時代の展示資料なのかが現地の言葉と数字、英語で書かれていた。

この国の移民の歴史はかなりややこしいものだったらしい。大きな戦争だけでも数回は経験しているし、それ以外にもわかりやすいものからささやかなものまで、何度も経済的・文化的な侵略を受けている。時期によって子どもの教育のやりかたについてもころころ変わっていったんだろう。その場合、今まで起こった戦争の一部はぼやかされ、英雄譚はおおげさになっていく。最終的にはなにが正確な事実なのかがごちゃごちゃになって、狼と鹿が戦い、空から鷹が、海から大蟹がやってきて国ができたというくらいの、神話めいた教育が今でもほんの小さい子ども相手にならば普通にされているらしかった。彼女もそういった教育を受けたという。ただ、表面的な文面だけで聞いているぶんにはただのおとぎ話だけれども、大人になってあらためて史実を知ってからだとまったくのでたらめにも思えないくらいに、それらの物語はていねいに作られていたようだ。ただどっちにしろ、なにが侵略でなにが開拓で、なにが強要でなにが教育なのかなんて、きっとその時代のさじ加減なんだろう。

彼女の話を私はどう勘ちがいして覚えていたのか。小翠の学校で発見された遺跡は、入植者が来るずっとずっと昔のもの、たとえば古代文明の石器や原人の痕跡といった感じのものだとばっかり思い込んでいたのだけれども、実際はそうではなかった。

どうやら島の遺跡は、ある人々の集落の痕跡だった。その人々は、現在この国で知られている、今の街とか港を作った開拓者と呼ばれている人たちが来るよりも少しだけ早い時期にやってきていたという。なぜか、その集団はこの土地に国をつくることができないまま、あるとき突然、集落ごとなくなった。それがもともと島に暮らしていた先住民や生きものとうまくいかなかったからなのか、突発的な嵐や地震、火事、または疫病の蔓延(まんえん)によってだったのか。

遺跡が発見されたことが、昔はちょっとしたうわさ話でしかなかった『消えた入植者』というものが実在していたという証拠になる、ということで、当時は国どころか世界中が大騒ぎになったらしい。

博物館の中の小さな一区画に、その資料は展示されていた。かつて大発見扱いをされていたにしては展示スペースは狭くて、たぶん私たち家族が働く作業場ぐらいだったと思う。劣化したリノリウム張りの床にコンクリートを打ちっぱなしにした壁と天井。展示品を保護するガラスも、小さい傷や手の脂（あぶら）らしきもので曇りきってしまっていた。展示品それぞれがどういうものかを説明するキャプションはそり返ったり剝がれおちたりしていて、読めなくなっている。拾い上げようと思っても、それらは全部ガラスの向こう側で起きていることだった。

出土した場所がそこそこ雨も多くて温度が高い場所なのと、管理がずさんなこともあったためか、展示品はけして状態がいいとは言えなかった。木や動物の骨、金属でできたいくつかの道具、素焼きの質感を持ったお椀状の保存容器、なにかの記号と数字の書かれた、カレンダーあるいは手帳のようななめし革製の記録束、どれもほとんど土に変わってしまっている。

おどろいたのは、かなり汚れたガラス越しだったから最初は気づかなかったけれども、それら展示品が私のような普通の人間が使うにはとても小さいものばかりということだった。いくら小翠が小柄だといったって、こんな小さい道具は使わない。まるで仏壇の供え物かままごと道具だった。彼女が子どものころ盗んだものと同じ壺もあったけれど、それも、話に聞いていたよりふた回りほど小さい印象だった。

展示室の一番奥は、床が少し高い台になっていて、照明も一段落ちて暗くなっている。そこには、発掘場所から出てきた半ばミイラ状に加工されている人骨、おそらく墓に埋葬されていた人のものであろう遺体が、横たえられて展示されていた。彼女の説明によると、どうやら死んだときになにかしらの防腐処理をほどこして葬られたものを展示している場所らしい。離れたところから見ても、遺体は私や小翠よりもうんと小さいということはすぐわかった。

しろうと考えでは、開拓のためには体が大きくて力がある人たちが選ばれて行くほうが都合がよさそうに感じるけれども、限られた大きさの船に乗ったり、わずかな食料や消耗品で生き延びることができる小さい人たちのほうが航海に向いているという考えもあるんだろうか。

出土品のサイズについては小翠も意外だったようで、

「こんな小さいものだったかなあ」

と横でつぶやいている。

「子どものころに忍び込んで見たものだったから、大きさは覚えてなかったんじゃない。それか、前に言ってた、島の外に出るまで自分たちの小ささに気がつかなかったっていうのと同じことかもしれない」

　彼女はガラスに顔を鼻先が触れるまで近づけて、熱心に展示された出土品を見ていた。

　いろんな国の統治下にあったこの港街に暮らす人々が、今現在、どんな宗教観を持っているのかはわからない。花細工なんかの供え物のデザインを見ると仏教を信仰している人たちも多いんだろうし、ヨーロッパ調の建物が多いということを考えると、きっとキリスト教も入ってきている。

　小翠は日本にいるとき、特別なにかの信仰は持っていなかった。彼女は私の母に対しても、生きているときはあんなに仲良く、また看病も熱心にやってくれていたのに、いざ亡くなるとその葬儀はとても淡々と、きびきびとやってくれたし（それが私たちにはとてもありがたかったけれども）、そのあとのお盆やお墓参りの行事は、比較的億劫がった。彼女が祈りという種類の行為をしているのを母の葬式以来見た覚えがない。

ここの国自体はそのときどきにいろんな宗教や思想が入って来ているようだった。そんなここの人たちが今、どういうやりかたで人を弔っているのかはよくわからない。ただ、この体を見ると、おそらくこんな、ミイラ状に加工されているというのはかなり特別なことで、普通ではやらない弔いなんだろうという想像がついた。そして、それは彼が特別な文化を持ってやってきた入植者で、さらに最初の、特別な人だったからなのかもしれない。

その遺体は少し高い位置に寝かされていて、台のまわりにはロープが張ってあるので、近くに行って彼の細かな様子を覗きこむことができないようになっていた。ほぼ骨だけなのに、彼だ、と思ったのは、寝かされているすぐ後ろの壁に、この遺体から復元された男の姿らしき油絵が、きちんとした額縁に入って飾られていたからだった。

「これは、ジガゾウ?」

小翠が私にたずねた。

「ちがうよ、これは、復元……、この、すごく昔に死んだ人を想像して、今の人が描いたもの」

「それはジガゾウじゃない?」

「自画像は自分で自分を描いたものだよ。……たぶん」

たぶん、と答えたのは、私が絵に関する専門知識を持っていなかったこともあって、正確にはどういう約束ごとで自画像というものが定義されているのかはわからなかったからだった。さらに彼女が、

「じゃあ、絵だけを見てそれがジガゾウなのかどうか、どうやってわかるの」

とたずねてきたので、私は黙ってしまった。

絵のほうは、背景も一色で特別に写実的なわけでもない素朴なものではあったけれども、復元画というよりは、なにか偉い人の肖像画といった雰囲気できちんと描かれていた。人物単体で描かれているものだったので比較対象が画面上になかったので、体の大きさについてはわかりにくい。展示品にもあった革の装具を身につけている。肌の色は浅黒いけれども、どこの地域から来た民族なのかが絵を見るだけでは曖昧でわかりづらい。南洋から渡ってきたようにも、また西洋から来たけれども浅黒く日に

焼けてひげが伸びているだけのようにも見えた。

入植者というのは、私の勝手なイメージかも知れないけれど、国の政策で送りこまれていることが多いんじゃないだろうか。だとしたら、きっと出発地の国の記録は残っているだろう。さっき展示されていた船の底にあった数字や記号にあたるものが、この人たちの乗ってきた船や持ちものにも残っているんじゃないかと思う。よっぽど争乱の中を逃げて来るとか、元の社会の中から追い出されてきた反分子的なセクトなんかじゃない限り。

展示されている出土品には、汚れたガラス越しでもなんとかわかるほどの文字や記号らしきものが、いくつか書かれていた。当然、私も小翠もそこに書かれている文字を読めなかった。私たちはガラス面に額をつけて目を凝らし、わかりそうな文字や記号、曲線を探し出す努力をした。ものによっては数字に見えなくもなく、また、海岸線の一部分だと判断できそうなところもあった。

公的な文字ではない場合、あまりたくさんの人に読まれては都合が悪い、たとえば小さい単位の社会的集団で使われる暗号の可能性もある。そんな怪しい妄想を下敷きにしてみると、革や金属に刻みこまれた図形は、わざとわかりにくく加工された海図だとか地図にも見えてくる。ただ、限られた人にしか伝わらないようにされた文字や道筋は、彼らがいなくなった後にどんな情報となって残るんだろうか。

小翠が注意深く、そばに寄ることができないようにと張られたロープのついたポールをどけた。コンクリート打ちにしてあるままの床に重たいポール台の金属音が響く。私はおどろいてまわりを見まわした。入場者や係員が入ってきそうな気配はもちろん、展示室の外をだれかが通る気配すらない。遠くで乗り物や、人混みの音がかすかにする以外は、ほとんど無音だった。

小翠が横たわっている彼に近づいたので、私も後について、遺体が寝ている展示台の横まで来た。もっと頑丈な、たとえば密閉されてカギがついたケースに入っているのかと思っていた彼は、浅くくぼんでいるバスタブみたいなベッドにビロード布が敷かれ、その上に寝かされていた。上からふたをするようにしてアクリルのカバーが置かれているだけで、ほこりの薄く積もった板は重くもなく、彼女が軽い力で手をかけると簡単にずれた。

小翠がこんなにためらいなく彼に近づいた理由がなんなのか、私にはわからなかった。どちらかというと彼女は自分の生まれた島の歴史に興味を持っていなかったし、私の母のときのことを考えても、死んだ人間に興味を持つということがあまりないように見えた。

私のほうも、生前のことを知りもしない、自分にゆかりもなにもない男の遺体を、なぜ人の目を盗んでまで近づいて見ようとしているのか、自分自身で考えてもいまひとつはっきりしなかった。いや、むしろ冷静になってみれば、祈りを持たない彼女の、死んだ人への興味のなさや行動の大胆さよりも、自分自身のこの意思のほうがよっぽど理解できなかった。

彼が骨だということは、着せられている布の隙間から見える体でわかったけれども、顔のほうは発掘時からそうだったのか、のっぺりとした白っぽいペンキ状の顔料を塗られて化粧されていたので、それがほんとうに防腐処理をした人間の遺体なのか、ただのつくりものの人形なのか、ただ見ているだけではよくわからなかった。昔の喜劇役者か、それに似せたコントみたいな化粧をされた彼は、さらに鼻の穴に黒ずんだ綿を詰められて栓がされ、それが鼻の穴から半分出て見えていたので、余計におかしく見えた。耳には綿ではなくイヤホンがついている。イヤホンのコードは彼の首元で一本になったあと数センチだけ残して、はさみかなにかで切られてぷっつり途切れている。コードはどこかにつながっているわけではなかったし、また、これに対してなんの説明もなかったので、ただ単に耳栓代わりに使っているのだろうと思われた。

私は彼の顔と肖像画を交互に見比べながら、さっき小翠が、肖像画と自画像の区別がつかないと言い出したときのことを考えていた。小翠は言う。

「この体とか、さっきのタッタはもう空っぽなのだろうか」

「空っぽって?」

「小さい虫、ビセイブツはいないの」

「そんなことはないよ。たぶん。生きてるときのものとはちがうと思うけど」

私は答えながら、剝製のタッタや部屋に展示されている遺体が、この、あまりきちんと管理されていそうにない場所にあり、衛生上問題ないのかということが不安になって、それを打ち消すために、さらに言い加えた。

「防腐処理はされているだろうし」

彼女がどうなのかはわからないけれども、私のほうは、母以外の死んだ人間に触ったことがなかった。もし彼の耳についているものが、あのときの母の耳にはまっていたのと同じただの綿でできた耳栓だとしたら、触れてみようなんて思わなかったかもしれない。今、私は彼の耳についたイヤホンの首元のコードのところに指をかけて、引っ張って外してみたい気持ちになっていた。

栓をしているということは、そうしなくちゃいけない理由があるはずで、外からなにかが入ってくるのを防いでいるのか、または、中からなにかが出てこないようにしているのか。確認をしたい、と思うのと、なにか取り返しのつかないことになってしまったらどうしようという気持ちが順に、指に力をかけたり緩めたりさせた。

サイレンかチャイムかわからないけれども、公共的な放送のアナウンスが交じったビープ音が外から響いてきて、私は手を引っ込め、彼女の肩をつかんで慌てて彼から離れてロープの後ろに下がった。

警告音が市場のほうから聞こえていて、私たちのやっていることと関係ないものなのだと気づいたら、小翠が私と目を合わせた後に心の底からおかしそうにしながら肩を震わせた。それを見て、私もすごくおかしい気持ちになって、ふたりで声をあげて笑うのを我慢しながら部屋を出た。彼女は初めて会ったころからよく笑うほうではあったけれど、私たちがこんな短い旅の間に、こんなにたくさん笑いあうのはとても珍しいことだった。

ふたりでもつれ合いながら、早足で出口まで向かう。笑いをこらえるのに疲れ、肩を上下させて荒く息をついた彼女が、

「この人たちはどこから来たんだろうね」

と、やっとといった感じで言葉にした。結局そのことについてはまだきちんとわかっていないようで、展示室のどこにも書かれていなかった。現在に至っても、彼らがどこから来て、どうやって国からいなくなったのかはよくわかっていなかった。ただ最近は、発掘した資料の科学的な分析だけではなくて島やその周辺地域の人たちのDNAを解析して、どの時期のどういった入植者によって現在の人間社会が形成されてきたのかみたいなことを調べているらしい。

小翠が読んで、訳してくれたその説明を聞きながら、私はなんだかおそろしい気持ちになる。もし自分が住んでいる場所に、すごく昔に入ってきたほんの数人の痕跡が見つかったとして、その人たちの子孫かそうでないかを調べることを怖いと思ってしまうのは、どういう心の中の働きによるものなんだろう。


小翠と私がホテルの部屋に戻ってきたのは、夕飯にはちょっとばかり早い時間帯だった。彼女はドレッサーの下に据え置かれた小さくて四角い冷蔵庫の扉を開けて、よく冷えたお茶のボトルを取り出すと、備品のグラスをふたつ用意して注いだ。

「日本は売ってるお茶、みんな甘くない、こっちでは、甘いお茶のほうが多いからはじめはおどろいたけど、今は甘くないほうが普通になったね」

私はベッドに腰かけて、サイドテーブルに置かれたリモコンでテレビをつけた。私は家ではあまりテレビを見ないほうだけれども、昨日から流れているニュースや宣伝はなんとなく興味深く思えた。小翠がお茶のグラスを差し出しながら言う。

「博物館。この街に住んでる人もみんな行ったことないと思う」

私はグラスを受け取る。とてもよく冷えた砂糖の入っていないお茶をひと口飲むと、かなり気分がすっきりした。

「みんな、あんまり気にならないのかな。自分の住んでたところに暮らしてた自分のご先祖かもしれない人」

薄暗めの間接照明の中、液晶テレビがちょっとしらじらしいほどの明るさで映像を流している。私がテレビをつけたことを意外に思ったのか、彼女が言う。

「なに言ってるかわからないでしょう」

「ほとんどは。でも、コマーシャルなんかはわりとわかりやすいかな。ヨーグルトとか、シャンプーとか。ただ、日本のに似てるっぽいんだけどちょっとちがってて、最後まで商品が出ないこともあるから、当てようと思うとけっこう難しい」

私がそうしゃべっている途中、ふいに小翠の目が画面に釘づけになった。

「ああ、これ……そう……懐かしい」

画面から聞こえるたどたどしい子どものコーラスに合わせて、彼女が口ずさむ。歌詞の意味は、当然私にはわからないものだった。私は彼女の顔や口の動きを見ていたので、画面のほうにどんなものが映っているか見ていなかった。彼女の顔が、液晶の光にちらちらと照らされている。昨日も同じようにテレビの点滅で彼女を見たことを思い出す。そのときよりも落ち着いて見ていたぶん、小翠はやっぱり、美しいなとつくづく思えた。私は彼女に問いかける。

「それ、なんていう歌？」

「タイトルはわからない。宣伝の歌って、そうじゃない？」

そっけないふうに答えた小翠は、ベッドの端に座ると、さっきまでかけていたショルダーバッグの中をごそごそやって、

「地図、できたよ」

と、ノートを取り出して開いた。紙の表面にはつたない線と走り書きの文字で、前もって言われていなければそれが地図であることが本人にしかわからないんじゃないかと思える図形が何ページにもわたって書きこまれていた。書きこまれた文字は、彼

女の国のものと、日本語、アルファベットが交ざっていた。

「ここが、きのうの道。この建物、横を通って、貝をむいてた」

小翠は集中して、注意深くそのノートの表面、線をなぞって指を走らせながら、自分に対してなのか私に対してなのかよくわからない口調で、もごもごと地図の内容を説明し始めた。私は横に座って、小翠の小さな指先を視線で追う。

地図は私が見た範囲ででも正確さを欠いているように見えた。なのにその手描きの地図は、彼女の経験や見たものの印象によって路の長さが伸び縮みしたり、物の大小が彼女の価値観の上での重要度であべこべになるような、いろんな要素が、かえって私にとってインターネットで見る正確で細かい航空写真やストリートビューよりもずっとリアルな経験の記録に思えた。私たちはしばらくのあいだそうやって彼女の描いた地図をなぞって、今日した散歩をいっしょにもう一度、確認というか、体験をしなおした。

「これが博物館」

小翠の指さしたところに描かれていたものは、私が覚えていたその建物の形とまったくちがって、水のしずくの形をしている。博物館を上から見た形だと彼女が言う。私は、彼女がどうやって上から見たあの建物の形を把握できているのか、わからなかった。

「外から見て、そのあと中に入ったから、上から見た形もわかるよ」

彼女はそう言って笑った。

私には自分の町の地図が描けるんだろうか、と考える。生まれたときからいる、今までずっと住んでいる町の地図。店もそうそう変わることがなくて、引越しをすれば入る場合も出る場合も、町中の人間に知られるような場所だった。それなのに、たぶん私は町の地図を描くことができない。

今見せられている彼女の地図はたどたどしく、不器用に描かれたものに見える。おそらく、地図が描けるということと、絵がうまいとか記憶力が優れていることとはあまり関係がない。だいいち彼女は自画像と肖像画のちがいもわからなかったし、日本でも絵を描いているところを一度も見たことがなかった。それでも地図が描けるというのは、たぶん紙とペンを持たされて、家の近くの地図を描いてくださいと言われてずっと悩み続けてしまうだろう私とは、決定的になにか、脳の働きがちがうように思えた。

突然、私は彼女を試したくなったのかもしれない。

「日本の、暮らしてる町の地図を描いてみてよ」

最初、彼女はうれしそうに新しいページを膝の上で開くと、先の丸まっていない鉛筆を袋から出した。真ん中に長方形がふたつ、斜めにつながっている形を描いて、

「これが私たちの家を上から見たところ」

と言った。それからしばらく、その形だけが描き込まれたページを見て難しそうな顔をして黙り、そのあと、

「描けない」

と困り顔で笑う小翠の小さい手の先で、笑うのと同じリズムで、鋭く尖らせた鉛筆の芯が震えている。

私は芯の先を、たぶん、とても真剣に見つめていた。

交代でシャワーを浴びたあと、私たちはホテルの外に食事に出かけた。彼女が案内

してくれたのは、昨日より派手な通りにある店だった。今日うろうろしていたとき、一番てきぱきと仕込みをしていたのを見かけていたらしい。ああいうふうに準備をしているお店はきっと美味しくて、人気があるんだ、と彼女は自信たっぷりに言った。

私たちの町では祭りのときにしか感じられないようなにぎやかさの中で、海産物の料理をいくつか頼んだ。昨日のものと同じ名前のメニューでも、スパイスや調味料などの味つけがちがうためなのか、別の料理に思えた。ただ彼女に聞くと、さほど昨日のものとちがって感じていないようだった。私はなぜか、家で食べるいまいちな味わいの煮物のことを思い出して、たいして長い旅でもなかったのに早く彼女の作るご飯を食べたいと思っていた。

旅というのは後半になるにつれて睡眠の時間がどんどん増えていくような気がする。最終日は、しっかり寝たのに移動のあいだもほとんど寝ていた。次の日の昼過ぎに私たちが帰りの飛行機に乗ったときも、私は途中、冷たい飲み物をもらうためにちょっと目を覚ましただけで、そのあとは軽食も食べずにずうっと眠っていたらしい。行きは目的地に向かうまでの行程も含めて楽しむところがあるけれど、帰りはなんとなく家に着くまでの移動でしかないように感じる。帰路が写真に残す気も起こらないくらい重だるいものになる理由は、ただ疲れているせいというだけではないんじゃないだろうか。

地図の来た道をそのままなぞるやりかたの移動は、長ければ長いほど退屈なのかもしれないな、と、丸みのある頑丈な、二重になった飛行機の窓に頭をもたせながら考える。考えていて、また眠くなってきて、眠る。となりに座った小翠は、肘掛けから伸ばしたイヤホンで熱心になにかを聴いている様子だった。現地の言葉はまたしばらく日常で聴くことがないだろうから、今のうちにたくさん聴いておきたいのかもしれないな、と私はうとうとしながら納得する。

空港で家に電話を入れると、妹が出た。帰る時間が遅くなるから父も自分もたぶん寝ているけれども、義弟を駅まで迎えによこしてくれるという。バスやタクシーも走っていない時間なのでありがたかった。妹が言う。

「翠ちゃんは」

「いま電車の時間見に行ってる」

「なにか、わかったの」

妹も彼女のことが心配だったんだろう。奇妙なこの旅の結果を知りたがっているみたいだった。

「だって、今まで実家にだって帰りたくなさそうにしてた翠ちゃんがさ、あんなに必死になって調べてたんだもん、気になるよ。なんかわかったんならいいんだけど」

「なにもわからなかったよ」

わずかな間があって、そっか、と言った妹は、ああ、そういえばシャンプーの詰め替えの置いてあるところわかんなかったから、新しいボトル買っちゃった、と言って電話を切った。

国内線の空港から電車を乗り継いで駅に着くと、義弟がもう車を停めて待ってくれていた。小翠が義弟と妹、姪（めい）のために買ったといくつかの土産の袋を渡すと、義弟は、荷物の整理をしてからでよかったのに義姉（ねえ）さんらしいなあ、と言ってそれをチャイルドシートの上に置いた。私は大きなキャリーバッグをトランクに入れる。時間も遅いので、玄関には静かに入ろう、と小翠は言った。

家に着くと案の定、玄関にもリビングにも明かりはついていなかった。キャリーバッグを玄関に置いたままにして、音をたてないように注意深く、だれもいないリビングに入る。家の中にはしみこんだような線香のにおいが残っている。

父は、母がいなくなってからもずっとたいした家事はしなかった。ただ毎日欠かさず仏壇に線香だけはあげていた。といっても父が率先してやっている家のことはこれだけで、それも、小翠にそういう習慣がないからか彼女がまったく仏壇に線香をあげようとしないので、父がなんとなくやるはめになっているといった程度のことだった。

毎日のことだったからそんなに気がつかなかったけれども、数日家にいないだけで、ずいぶん我が家の中で線香のにおいが存在感を放っていることに気づかされた。なんだか妙に清潔に思えるそのにおいを鼻で吸いこみながら、リビングを通りぬけて私たちの部屋に入る。

部屋に入って電気をつけるスイッチに手をかけるちょっと前、暗い中で、小翠がなにか、おどろいた湿っぽい声をあげた。

「やだ」

私の足にも、なにかが触れた。洋服でも落ちているのかと思って足元に手を伸ばすと、指先にふわっとした温度のある毛が触れ、びっくりして手を引っこめる。すぐもう一度同じところを探るけれども、そこにはもうなにもなかった。動いているものなのかもしれない。

「――」

明かりをつけないまま彼女がなにか言った。

留守をしていたはずの部屋になにかいる。という非常事態に向きあっているにしては、とても穏やかで簡単な、言いなれた言葉に聞こえた。今日バスがいつもより混んでいた、とかよりもわずかに平たくて、優しい言葉。その言葉ができたときにはあったはずの、意味みたいなものはどこかに置いてけぼりにされていて、条件反射だけが残って使われ続けている感じの。たとえば、ただいま、とか、おかえり、といったものに近い言葉。

電気をつけようと伸ばしかけた手を、私は彼女がいるほうに向けた。

蝦蟇雨（がまだれ）

たん、という清冽な音をたてて、女の包丁が蝦蟇の頭を落とす。まな板代わりに逆さに置いた桶の蓋から、頭がころげ落ちそうになった。女は慌てて手のひらで受け、川面で簡単に、儀式めいた調子でちょんとだけ濯いで、桶に放る。

白く長い指が切り口から差し込まれる。蝦蟇の中身を探る間、女の目は上空をさまよう。蝦蟇の体を見たくないからではない。たんに見えない場所に手を差し入れて探るときに、女のする癖みたいなものだった。

くるりくるりと女の黒目が上を見て、留まる。空模様の観察は家事のうち一等大切なことだった。女はそのやりかたを親ではなく、男に教わった。

この空の様子だと、夜には降るな、しかも酷く、と女は思う。

女の指がいくつかの勘所（かんどころ）を探り、力を入れ、くっくっと捻（ねじ）って抜くと、瑞々（みずみず）しい蝦蟇の中身が引（ひ）き摺（ず）り出される。昼下がりといえども外の空気は沁（し）みるほど冷たかった。そのため引き出された中身からは変温動物のそれであるにもかかわらず、ふわりと白い湯気が一瞬立つ。しかしその瞬く間に冷えた臓腑は、虹色の液体を伴って紐状に伸びきり、心許（こころもと）なげに漂って下流へ引き流されていく。

それを狙って、河原の大石に留まった烏（からす）がふたつ啼（な）いた。

烏は賢い。蝦蟇の表皮には蟾毒（せんどく）があり、またえぐ味も強いことを知っているので野にいる蝦蟇をついばまない。女は毎日、烏に会釈をするのを習慣にしている。烏は女の顔を覚えている。烏は挨拶によって女を一個の生き物として認識しているところがあるようだ。そのため捌（さば）いた蝦蟇のうち、桶の中に在る、肉のついた胴体のほうには手を出さない。川に流したはらわたのほうを、満足げに太い嘴（くちばし）にからげて飛んでいく。

澄んだ山の湧水（わきみず）は清潔なので、蝦蟇の内側を濯ぐのにはいちばん都合が良かった。すっかり血の気の抜けた蝦蟇の胴体を、女の冷えきった手がぽいと桶に放る。そうやって小ぶりの蝦蟇を二十は捌いただろうか。女は腰をとん、と拳（こぶし）でたたいて立ち上がる。

　伸びをして見上げると、男山(おとこやま)が広がる方角に常緑の山肌から白く近代的な建築物が見える。この鉄筋コンクリート造りは、先ごろ改築された国立の気象観測所だった。最新の観測設備が揃っているらしいが、女は入ったことがない。入ったところで、そんな機械ばかりの建物のことなどよくわからないと考えている。そうして、あの人は今日も小難しい顔をして数値と睨(にら)めっくらをしているのだと想像する。

　女山(おんなやま)の方角には遠く、夕暮れの手前の色の中へ薄く広がる雲がある。雲というよりそれは平たい板切れのような、このところ頻繁(ひんぱん)に出る雲だった。水平に広がる雲を境にして、上と下の空の色がきっぱりと違って見える。これはひょっとすると、思っていたより早く降って来るかもしれない。と女は気持ち足を速め、蝦蟇の頭と体でいっぱいになった桶を抱えながら家へと向かう。途中いまにも降ってきそうだったので、女は桶を頭の上に載せて、足元と頭に注意しながらひょこひょこ歩いた。捌いた蝦蟇をいっぱいに載せた桶を頭のてっぺんに載せて歩く自分の姿を、女は鏡を見るように思い描く。そのあまりの滑稽(こっけい)な様子に、ひとり山道の途中で堪えきれず、あはははと笑う。自分の笑い声が考えていた以上に大きく響いた。驚いて辺りを見回すが、当然のように山道には、後にも先にも誰もいなかった。

庭先の洗濯物と、蝦蟇の腿肉を開いて干してある平笊二枚を急ぎ土間にしまう。生乾きの腿肉を数度指で押し、その指を鼻先に近づけ、悪いにおいがないのを確認してから鉢に積み、囲炉裏の部屋まで持って行く。軒の下に吊るした胴の肉には簾をかぶせておく。そうして、明日の朝の庭掃除のための準備にとりかかる。縁台に藁束を積み、濡れたり、汚れてしまわないようにする。庭の積み藁のほうには湿気が入りすぎないよう覆いをかけておく。家屋の周りにぐるりと掘ってある溝を掃き、家に入りこんでくることの無いよう、浅くなっているところはないか確認する。明日の朝、晴れた際には庭の片付けに使うため、開きを干していた平笊を戸口に二枚立てかける。普段は暗くなってからふたりでセイノと声を合わせて引く雨戸を、立てつけが悪いのに難儀しながらひとりで引く。

女は庭の支度だけを急ぎ終えると囲炉裏の部屋に戻り、煙のかかるところに生乾きの腿肉を細綱でくくって吊るす。こうしておくといぶされて長持ちする。本来はもうちょっと水分を飛ばして乾物（かんぶつ）にしたほうが保存がきくが、今夜の天気ではしかたがない。

女は北のほうの生まれだった。そのことを言い訳にする気はないが、注意していないとすぐ塩を多く使ってしまう。酒飲みの大飯喰らいだった父はそれでも満足していたが、また、短命でもあった。

皮はよく晒（さら）して臭味（くさみ）や蟾毒を抜き、湯引きしたのち酢味噌（すみそ）で和（あ）えてぬたにする。頭は幾度か湯がいては冷水に放すのを繰り返し、すっかりとホロホロになったところを髄（ずい）ごと佃煮（つくだに）にする。これらは常備菜として数日持つので、多めに拵（こしら）えておく。浸しておいた米の釜を火にかける。

身のほうはよく叩き、おろし生姜（しょうが）と併せてつみれ汁にすると臭味も消え体が温まり滋養がつく。このところ気温が乱れているので、疲れて気を抜くと風邪をひきやすくなるから具の多い温かな汁は夕餉（ゆうげ）の膳に欠かさない。味噌仕立てにしてもよいが、今日は香りの良い柚子（ゆず）の皮があるので葛粉（くずこ）で軽くとろみをつけた澄ましにする。

主菜の身は醤油と味醂（みりん）とで幾度も重ね塗りながら、囲炉裏で遠めの炭火においてじつくり炙ると、淡白な蝦蟇の身は香ばしく深い味わいになる。仕上げに山椒をふってお出しすれば、あの人の晩酌もさぞ進むだろう。でも今日は、と、しばらくの間考えて女は上新粉の袋を手に取った。

男は天気の崩れないうちに帰宅したので、女は安心した。ただ、男はとても草臥れた様子で、治りかけの痘痕でかさかさに荒れた頬は青白く、表情はなかった。機械じかけの木人形の動きで男は玄関を上がり、女は、男の上着そして帽子を受け取ると、手早く衣紋掛けに納める。男は洗面桶に用意された水を使って丁寧に手と顔をぬぐって、ぱりっと伸された浴衣に袖を通す。憔悴しきった様子だったが、二、三回鼻を鳴らすと、

「今日は衣揚げか」

と女に言うでなく呟いた。女は微笑んで男に向かうでなく頷く。食卓にはすべての献立が、あるものはよく冷え、あるものはよく温まり、いちばん美味しいとされる状態で膳の上に用意されている。

衣をつけ少なめの油に通された身に、粗く焼いた藻塩をかるく付け、さくりと歯を

入れる。衣の油と、油気のないさっぱりした白身が混ざり合う。繊維の細かい肉がほろりとほぐれて、下味に沁ませた、料理用に用意した甘めの酒の香りが鼻先まで広がる。

「旨いな」

男はしみじみ言う。女はこのときに、自分の一日のいろいろが報われたのだという気持ちがする。

「いつもと同じようじゃあ飽き飽きかと、少ない知恵を絞って」

と、自分の膳にはまだ手をつけないまま急いだような早口で言う。

「申し訳ない」

男が椀と箸を持ち下を向いているのが、料理を食べているためなのか項垂れているからなのか、女にはよくわからない。男が箸と口を動かすのを、女は見ている。この観測所の近くに住みついた当初から比べると、男はずいぶん疲労してきていた。男の肌の荒れも、こちらに来てから始まったものだ。最初は天候によるものか、または食べ物によるものかと女も頭を悩ませたが、女の肌のほうはかえって街にいたときよりも白く滑らかになってきていた。

女は、ひょっとしたら自分の体にはこの場所が合っていて、山や野に出てきれいな水や空気に触れ、日々歩いていることでどんどん健やかに強くなっているのではないかと考えている。対して男の体のほうはこの場所に合わずに、どんどん弱ってきてしまっているのじゃないだろうか。女は、男に申し訳ないという気持ちになる。ただ、心の底から気の毒だという様子をさとられないよう、つとめて明るく言葉にする。

「私のほうこそ」

男は下を向いたまま、口に残る身を咀嚼している。女は再び口を開く。

「でも、私たちの悩んでいるこんなことは、どの世界の、どの国のかたもお考えなすってることではないのかと思うのです。港のご家族なら、毎日あがるお魚をどのように調理をして食べるのかを考え、大波に気を回し、潮風に悩まされる、とか。大きな街のご家族なら商店の安いものを選び、泥棒に気をつけ、ぺてんに気をつけ、乱暴者に気をつけて暮らすような」

「でも、こんな山の中は毎日いろいろ、不便だろう」

「そんなこと。三河屋さんは月に二度は御用を聞いてくださいますし、だいいち、街は煩(うるさ)くてあまり好みません。清々(せいせい)するくらい」

女は大袈裟(おおげさ)に声を弾ませて言う。

「私のほうはもううんざりだ」

と男が言う。ふたり、暫(しばら)く黙って、つぎに口を開いたのは女のほうだった。

「余計な口をきいてしまったとしたら、申し訳ありません」

男は女のほうを向く。女は、男のかつてのつるりと光る血色の良い頬を思う。

「お仕事は思わしくないのですか」

女がたずねるのに、男が箸を置いてこたえる。

「今日は中央研究所の視察があって、様々手を尽くして下すったんだが。予測の立てようがない」

「この『天候』は……観測所の周りだけなのでしょうか。麓(ふもと)の街は、平気なのでしょうか」

「今のところは平気でも、こうなっている状況の理由がわからなければ、いつどうなるのか、そうなったときにどう対処するべきかも見当がつかない。私たちがやらないと、国を守れないのだ」

「あの、私、門外漢の素人考えでございますけれど」

女は、自分の膝の上に揃えた自分の指先を見る。あれだけ毎日、蝦蟇を捌き蟾毒に触れているのに、自分の指は、膝の絣の字がすけて見えるように白かった。

「その、観測さえしなければ、かえってそんな結果に苦しまれることもなくなるんではないかって」

男は、女がおずおず言うのを驚いたように聞いていたが、女が言葉を終えると口の端に笑みを生んで、

「お前さんらしいな」

と言って前に向きなおり、箸を再びあげ、食事を続けた。男の痘痕が咀嚼に合わせて静かに膨れたりすぼんだりする。

男が緊張をほどいたのに安心して、女は思う。

人が観測することができるのは、世の中のたくさんのことの、ほんの一部の事柄だ

けだ。観測したことで、あるいは観測したからこそ、この人が苦しんでいるのだとしたら。自分が普段、観察しているものたち、たとえば満足気に飛ぶ鳥、川の冷たく清潔な湧水、柔らかな蝦蟇のはらわた、板きれのような平たい雲。それらと、この人の観測していることの数値がほんのわずかでも調和したなら。

女がそんなことを考えているうちに、雨戸の向こう側から、どん、ぺち、と、ひとつ、またひとつ音がする。

男が帰ってくるまでに降らないでよかった、と女は安堵(あんど)する。女はこんな天候の日には前もって必ず雨戸を固く閉めておく。翌朝、雨戸を開けるまでは降っていないかもしれないと思わせてやりたいという、そのなけなしの救いのために。

ばら　ばら　ぺち　ぺち　ばら

またか、という声を出す気力も無いといったふうに、男は息をひとつつく。

女は、固く閉じられた雨戸の向こう側の光景を想像しながら、そうだ、明日は味噌焼きにしてみよう。こっくりと甘くした味噌だれが軽く焦げ香ばしく焼きあがったらきっと美味しかろう。そうなるとやはりまた汁は澄ましになるだろうから、干しておいた腿の肉で出汁を取ってコクを加えるのがいいだろう。常備菜も明日にはもう一品増やせるな、と考えていた。

リアリティ・ショウ

沖のほう、遠く海と空の境い目の手前あたりから、すうっとのぼっている水煙の柱を眺めている。気づくかどうかくらいにほんのちょっと遅れて、びりびりした振動と、次にゆっくりした横揺れが起きる。収まったあと、じきに雨が降りはじめるんだ。

最近やたらと降ってくる暗い緑色の雨は、日ごとに強くなるいっぽうだった。でも島の人は傘をさす習慣がない。島の山はてっぺんからだけじゃなく、あちこちから太かったり細かったりする煙がふき出ていて、ちょっと大きな裂け目からは火柱も上がっている。まあ、いつもどおりの景色だった。

サイはここのとこずっと機嫌が悪い。文句はもちろんのこと、ちょっとした皮肉や冗談を言っても、ちびが生意気な口をきくなと空き瓶が飛んでくる。いつもだってサイはおっかないけど近ごろは特別で、彼よりずっと年上の妻が飽きもせずまた妊娠したからだ。いい加減にもういいだろうあの婆（ばばあ）が、と文句を言うサイに、半分はあんたが悪いんだろ、と口答えしたら、今回は無言で三本の瓶が飛んできた。正直なところ、半分なんてのはサイにずいぶん贔屓（ひいき）した言いかたで、本当のことを言えば、ほぼサイのせいだ。

　サイの妻は『水／魚／皮』だった。それは島にしかない特別な病気にかかった人の呼び名で、その人たちには補助金が出る。この島でまず手に入らない現金を定期的に受けとれるのが、島の中にもそれほど多くはない水魚皮の人たちだけだった。ようするに島の中では水魚皮だけが財産もちということになる。だからサイは働きもせず、その現金でしか手に入れることができない、医療品として流れてくる酒で、毎日脳をしっかりと丁寧に麻痺させる。そうしないと現実を受け止められないのだそうだ。そうは言ってもサイの妻や周りの大人たちだってしらふなんだし、ようするにサイが弱いだけだ。麻痺が解けて気がつくと、妻が孕（はら）んでいるんだから。

『地獄』という言葉は『探す／人』と名乗った男から教わった。男の故郷の言葉で、実際には存在しない場所の地名だという。その名前で呼ばれている場所の風景や、住んでいる人たちは、この島のそれととてもよく似ている、と男は言った（実際にはない場所なのに？）。自然にできたものじゃない、人間が作ったものだというこの山は、人が頭の中で作った『地獄』と似ている、と男は説明してくれた。

　島にあるのは火と煙をふく黒い山と、周りを囲む堤防だった。

　この島と山は、いろいろなよその国から捨てられた、要らないもの（それを普通、ゴミというらしい）が積みあがってできている。島のあちこちから出ている火と煙は、ゴミから勝手にあがっていた。捨てられているゴミの中で、相性が悪くて、混ざっちゃいけないものが混ざると火がついてしまうことがあるんだそうだ。

　どこの国のものでもない海に、たくさんの国がゴミを捨てていく。そうして世界の決まりに従った大きさになったところで、どの国もいっせいにこの島は自分たちのものだ、みたいに騒ぎはじめた。島が、実は浮いているものだと気がついてからは、流れていかないように、ご親切にもコンクリートの堤防で囲って護（まも）りだした。自分たちのほうがたくさん物資を提供した、なんて、今まで知らん顔をしていた国の人たちが名乗りをあげる。たしかに、ゴミとはいえ物資には違いない。足元に転がっている洗剤の空き容器に刷られているものが文字であるということぐらいはわかるけれども、それぞれまったくべつの場所からやってきているから、それらの文字の形がどう違うのか、についてはどれだけ注意深く見て、考えてもわからなかった。ゴミの中の文字らしきものは、たまたまその形をしている傷の連なりみたいに見えたし、意味がわからないまんま島にあり続けるんでもかまわない程度のちっぽけな事柄だった。

　ゴミの中の文字を見ていたら、なんだちび、おまえ字が読めるのか、とサイが驚いて訊いてきた。読めるわけないだろ、そばにいるおまえみたいなでかいやつでさえ読めないのにと言うと、今度は空き缶が飛んでくる。缶の表面には、模様にしか見えない文字のほかに、海にいる生き物の絵が描かれている。魚みたいでも、蛇だとか蛸（たこ）みたいでもある。表面にあるのが鱗（うろこ）なのか吸盤なのか、小さな、ちょっとかわいらしく描かれた絵だけではよくわからない。文字が読めれば、缶の中身がどんなものだったのか、わかるんだろうか。ただそのことよりも、知らない国では海の生き物を缶に入れて持ち運んで食うということにびっくりした。考えただけで、気分が悪くなる。魚は捕ったそばから焼いて食べないと、すぐ腐りはじめて腹を壊すのに。

ほんのしばらく前までは、こんなにまでひどくなかった、とサイは言う。近ごろは、魚だけじゃなくて雨水も悪くなるのが早くなったらしい。元々がゴミの山だから、ほかにも腐ったものは多くてしかたがないのかもしれないけれど、臭いを嗅いでもなかなか気がつけない。

この島が、ほかの国で要らなくなったゴミでできていると知ったのも、そうやって島の外の人たちが騒ぎはじめてからだった。そもそもここの住人にとっては、この地面の下にあるものが、ほかの人たちにとって要るものなのかそうでないかなんて知ったことじゃなかったし、実際いま、この島が欲しくてどこの人たちも夢中になっているってことを考えても、必要なのか不要なのかなんて、物じたいの問題じゃなくてそのときのさじ加減だ。

この島を自分のものだと言ってくる人たちは、かわるがわる島にやってきた。そうして、どの国の人たちもそろって、この島の問題（実際そこまで大きな問題とも思っていないんだけど、たとえば病気のこととか、子どもたちが字を読めないこととか、ゴミのこととか）をさも自分たちのことみたいにして考えていた。

中には、この島を、実際にはいない大切な誰かの住む山だとか言って、登ったり歌ったり、泣きながら踊ったりしている人たちもいた。その人たちは山のことを、『ざいおん』とかいう言葉で呼んだ。どんな意味の言葉か訊いたら、実際にない場所で、ここに似ている場所なのだそうだ。口に出してみると『地獄』って言ったときと似た気持ちになるし、どっちも同じような場所なんだろう。

サイは漁師だった、そして意外なことにわりと腕も良かった。ただここ最近はこんな感じで魚が捕ったそばから生き腐れるから、たくさん捕ったってあんまり意味がないし、妻の水魚皮の補助金があるから魚なんて捕らなくなった。昔この島の近くの海では、サイみたいな大男が何人もで、沖にいる大きな魚なんかを捕っていたらしい。一匹で、その肉だけじゃなくて骨や皮でしばらくの間豊かに暮らせるくらいの。

この島の人たちには、自分たちの島ということにしておきたい、いろんな国からものが届いた。水魚皮のように補助金が出る場合、それぞれの国から送られてくるお金をまとめれば、この島では充分な財産になる。島の中にいてもお金で手に入るものなんて限られてはいるけれど、それでもお金は力があったし持っていれば大切にされた。病気といったって治るようなものでもないし、研究が進んで治ってしまったら、水魚皮だけじゃなくて島の人はみんな、かえって困るような気がしていた。

『探す／人』と名乗った男は、なんかの競争というか、遊びみたいなもののためにこの島に来た。その日のことはけっこうくわしく覚えている。退屈なこの島に、島を自分たちのものにしたい（つまり実際にはいない大事な人を探しに山に登りに来たり、実際にはない問題を考えたりしたい）人たち以外の人間が来るのは、めずらしいことだった。

男は目隠しをされて、浅黒くて小さい通訳に手を引かれながらよろよろ、つま先立ちで一歩ずつプロペラ機から降りてきた。一台のビデオカメラを持ったのっぽ、それともうひとりの小太りの白人が後ろからついて出てくる。ビデオカメラはたまに、いろんな国の人たちがこの島に来て使っているので見たことがあったけれども（それが結局どういうやり方でなにになって、どういう人たちに使われているのかはわからないけれど）、それと似た形で、だいぶ小さいものだった。

島の人たちが囲んで見ている中で、男は恐る恐る目隠しを取った。それはもう感心するくらいみごとに情けなく、怯えた顔をしていた。白人はしばらくそうやって男がまごまごする様子をにやにや笑って見た後、さらに小さい、手のひらに収まる程度のカメラだけを男に渡して、のっぽと通訳を連れて帰っていった。

男はひとりになってからもしばらく泣き、心細そうに喚き、情けない顔をしながら腕を伸ばしてカメラを自分に向けていた。その後スイッチを切って、次にドラム缶の上にカメラを置いた。カメラをいじって、離れた場所まで急いで行って、遠くで頭を抱えてうずくまった。

その様子をどれだけ見ていても、競争のルールはよくわからなかった。男はどれだけみっともなく狼狽えることができるかだけをがんばっているみたいに見えた。ひょっとしたら、それが勝敗に関係しているのかもしれない。

男は自分のことを『探す／人』と言った。けれども、それが男の名前を示すのか、職業だとか役割を示すのかはわからなかった。男の参加している競争が『探す／島で／独りで』ということらしいので、ひとまず競争の間だけ男の役割を呼び名にしているようだった。競争で探しているのはどんなものなのかも訊ねてみたけれども、どれだけ説明を受けても、ちょっとよくわからなかった。たぶん名前で表したりするような、簡単なものじゃないんだろう。

　その日、男は島のあらゆることを怖がって、おおげさにがっかりした。島のいろんなところに行っては怯えて、叫び、呻(うめ)いて、島の人も食べないような木の実を食べたり、飲むのに向かない雨水を飲んだりしては勢いよく地べたに吐いて、手足をぱたぱた動かしながら地面を転がりまわった。

　男は、サイの妻みたいな水魚皮を特別に怖がった。あの患者に決まって特徴的な顔は、たしかに見なれないとちょっとはぎょっとするかもしれない。見た目から、大規模な漁業をしている家系の人が呪いでこんな顔になったのだと言う人もいるけれども、同じ一族でうつらないことを考えても、呪いというのは考えにくかった。

　ただこの島では水魚皮の顔が財産もちの証(あかし)みたいなものだから、見た目でみんなに嫌われるようなことはない。それなのに、男は病気をうつるものだと思い込んでいるのか、単に見た目が違いすぎて怖いからなのか、近づくこともしなかった。その様子

がサイにはとても奇妙だったらしく、

「うつることで水魚皮になれるんなら、とっくにみんな金を払ってうつしてもらっている」

と言って大笑いした。補助金が出るようになってからは、この土地で水魚皮になることができるのは選ばれた人間で、努力でどうにもならないすばらしいことだと思う人のほうが多くなった。実際サイの子どもはみんな水魚皮じゃない。だからサイは年をとった妻を、面倒がりながらもとりあえずは長生きできるように守っている。


島のところどころには裂け目のように開いた穴がある。亀裂は表面から見えないので歩いているときには見つかりにくくて、見つけたとしても、その人は裂け目から目が離せなくなってしまうので、ちょくちょく人が落ちていなくなる。そのことも、男をとても怖がらせた。「地獄」「地獄」と大きな声でカメラを自分に向けながら喚く。たぶん男がカメラの前で一番使っていた言葉は『地獄』だった。男の国には、望まないで突然、理不尽に死ぬことがそんなに珍しいんだろうか。たとえば、自動車や飛行機、岩場で、あるいは目が合ったもの同士のちょっとした殺し合いみたいな。

男は夜になって、疲れたのかカメラを自分に向けることをいったんやめた。そうして、地面からゴミを拾い上げて、表と裏に書かれているものを眺めて、また次のゴミを拾って、眺めるということを繰り返していた。その動きは、それぞれに書かれているいろんな国の文字を読んでいるみたいに見えた。男はどこの国から来たどんなゴミからも、なにかを知ることができているふうに見えたので、それはとてもうらやましかった。そばに行って男の様子を見ていると、いくつかの文字の意味を教えてくれた。男は全部の文字を読めているわけではないらしい。ただ、いくつかの言葉がぼんやりとでも理解できて、似たようなことが書かれているものが探せれば、手がかりを増やしてちょっとずつわからない文字を減らしていくことができる、わからない言葉を読むというのは、はめ込み遊びみたいなものだと男は考えているみたいだった。

ずっと字を覚えたいと思っていた。べつに世の中の役に立ちたいわけでもなかったし、長く生きのびたいというような考えもなかった。もともと、この島では字を読める必要なんかない。周りはみんな字が読めないし、読めないことで命にかかわる失敗をしたというような話も聞いたことはなかった。ただそもそも読める人がいないのだから、読めたとして特別に長生きできるのか比べようがないけど。

でも自分の立っているこの場所が、どんなものでできているのか知りたかった。教えてもらうまでは、自分の住んでいる土地がよその国のゴミでできているなんて考えたこともなかった。自分たち以外のみんなが要らないと思っているものはどんなものなのか、ということにも興味があった。

男は通訳のいない中でものんびり、いい暇つぶしみたいにして言葉や意味を手ぶりまじりで教えてくれた。着るものを洗う洗剤のボトルや、車とかヘリのエンジンに入れるためのオイルの、古くなって残ったもの。子どもに言葉を教えるためのおもちゃは、木でできた四角いものの表面に大きな字が一文字ずつ彫ってあって、文字を教えてもらうのに役に立った。たくさんの人がたくさんのものを使っていて、たくさんのものが要らないとされてゴミになっているようだった。

お礼と、教わることとの交換のつもりで、男に酒の瓶を持って行った。サイのところにあった酒の中でもかなり上等な、大事にしまってあったもので、ばれたら確実にえらい目にあいそうだったけど。

教わっているうちに、男の様子が少しずつおかしくなってきた。酒のせいというのもあったのかもしれない。あれはサイが飲むものであって、普通の人が飲むためのものじゃないからだ。

今いるこの場所が恐ろしいと思う気持ちで、頭の中がいっぱいになっているみたいだった。島の人たちにとってここにあるものはいつもの風景の中にあるものだから怖いなんて思うことはない。怖いというのは、男がべつのところから来ていて、この島が男の知らない場所だからだと思う。男はさっきまで退屈そうに文字を眺めていた。だから今いきなり怖くなるというのもおかしい。

たぶん男は、たくさんの文字を読みすぎて目が回ってしまったのだと思う。

ひょっとしたら、ゴミの中に混ざってはいけないもの、混ざると煙や炎が出てしまうものがあるのと同じで、ゴミにあった文字に書かれた意味のいくつかに混ざってはいけないものがあって、それがいっしょになってしまってこの島のあちこちでよく見る風景みたいに、男の中で火が出たのかもしれない。そこに酒が混ざって、火が大きくなってしまった。もしくは、ゴミを拾いあげたときにたまたま裂け目が見えてしまったのかも。

男はカメラを自分に向けていないのに泣いたり、うずくまってすぐ飛び起きて叫んだり暴れたりしはじめた。昼間、ビデオカメラを使っていたときよりよっぽどちゃんと恐がっているように見えた。すぐ近くにいたせいでよけられずに顔を強く殴られた。鼻が折れて口から血が出た。痛かったので地面に転がっていると、着ている服をひっぱり取られて、顔に、男の体の一部を押し付けられた。正直なところ、島の風景や、サイなんかよりも男のそのときの姿のほうが醜くておっかなかったし、男の体は、いろんな臭いが混ざった島のどこよりも臭いと思ったけれども、また殴られるのが嫌なのでされるとおりにした。サイと、サイの妻のことを見ていたから、具体的にどういうことをされるのかの想像はついたけど、思っていたのとはだいぶ違っていた。酒の瓶の割れた部分で、体のあちこちを切られたのも痛かった。

男は動いている間、何度か小声でややこしい言葉を繰り返していた。島の山を登りに来る人たちが、小さい声で、早口で同じ言葉を言うのに似ていた。

倒れた状態で横を向くと、さっき字を教わるときに並べていた木のおもちゃが「TSI

NAN FU」と、積んであるのが見えたけど、覚えていたところで何の役にも立たなそうだった。

そうやってしばらく暴れたあと、男は燃料がなくなったみたいに落ち着いて元のように大人しくなった。

このことは次の日の朝サイにあっさりとばれて、サイは男を殴り殺した。男の体は半日も放置されないうちにひどく腐って、三日たつと、なにがなんだかわからないカタマリになった。そのあと五日して、男を連れてきた人たちがまたカメラを持ってプロペラ機で来た。そのときには、男はもうほとんど変な色の水たまりになっていた。がっかりしたり、大騒ぎするだろうと思っていたその人たちは、来たときと同じようににやにやして、男だった液体をカメラに撮ったり臭いを嗅いだりつついたりしていた。

通訳に訊くと、男は自分から望んでこの競争に参加した。何枚にも書かれた文章をすべて読んで、死んでも文句を言わないとか、なにを見てもそれを隠さずに明かすとかいうような約束ごとに納得をしてから、自分の名前を書き入れて、自分の手で目隠しをつけ、約束にあったとおり、男はまるでなにも聞かされずにだまされて連れて来られたみたいにふるまって、島の中ではなにも探すことなく怯えて過ごした。

『葛藤／遊び』

通訳は言った。探すことを目的としているけれども、探し当ててしまうと見ただけで気がおかしくなってしまう。そのために自分の命を失うことも。ずっと探さずにいれば平和に過ごせるけれども、競争に勝つための、本当のことを探すというのができない。どっちを選ぶのかむずかしいこういう悩みを『ジレンマ』というらしい。ただ、探すことも、生き残ることも目的で、どちらも叶えば信じられないくらいたくさんの財産が手に入る。

この人たちがカメラを使ってやっているのは、ジレンマに苦しみながら競争している男をたくさんの人たちに見せて、楽しませることらしい。驚いた。どうやらカメラというのは、遠くにいる人が男の様子を自分の近くにあるもののように眺めることができる道具らしい。今まで島に来たカメラを持つ人たちもそうやって、島の問題をまるで自分たちがいるところの問題みたいにするしかけで見せていたんだろう。

「もちろん競争に勝って大金を得た人も多い。ただ、その人たちは実のところあまり幸せになっていない。ただ、その人たちにとって参加しなかった人生というものは存在しないから、参加しないよりマシだったのかどうかを比べることはむずかしい」

と、通訳は続けた。

最後に、どうしても気になったので、男が繰り返しつぶやいていた言葉について訊ねてみた。通訳は少し考えて、「たぶん、有名な犬の名前だ。宇宙に行った」と答えた。やっぱり役には立たなそうだったし、通訳が言ったことが本当かどうか、たしかめる方法もなかった。

男を迎えにきた人たちは、しばらくの間、八日前まで男だった水たまりや、遠くに見える水煙の柱にカメラを向けたりしたあと、ドラム缶の上に男が残した小さなカメラを持って帰って行った。

サイは、おまえみたいなちびのことをああいうふうに扱う生き物は壊れてしまった人間だから、死んでちょうど良かったんだと言った。ただ実際は、酒を飲まされたことで腹が立っただけなんじゃないかと思っている。それに、妻のことはそういうふうに扱っても問題ないのか、そうして、これからもう少しして自分がちびでなくなったら、サイも自分をああいうふうに扱うようになるのかと訊きたかったけど、またどうせなにか投げつけられるに決まっているから、黙っておくことにした。

もし自分がその競争に勝って、水魚皮なんかよりずっとたくさんの財産が手に入って、この島がなにでできているか、どうやってできたのかがわかって、それだけでなく外の、ゴミの上に立たないで済む国に行けるのなら、男のように自分から目隠ししてカメラを持ち、探す人とやらをやってみたいとも思う。

でも、約束ごとを書いた何枚もの紙を読むことも、自分の名前を書くこともできない、書くための自分の名前すらなかった。島ではサイのように自分から名乗るまで名前がつかないし、それまで生きていられることもめずらしい。島の外では犬にだって名前がもらえて、生まれた土地から遠い場所にも行けるっていうのに。

顔も体も痛かった。サイの妻にたのんで、ほかの国から届いた薬を分けてもらおう。そうしないと、午後には顔や、体のいろんなところが腐りはじめてきそうだった。

『地獄』

この言葉は、なかなか気に入っている。

初出
「居た場所」　「文藝」二〇一八年冬季号
「蝦蟇雨」　今岡正治編『夏色の想像力』草原SF文庫、二〇一四年七月
＊「不和ふろつきゐず」を改題・加筆
「リアリティ・ショウ」　「ユリイカ」二〇一八年二月号

高山羽根子
（たかやま・はねこ）

一九七五年、富山県生まれ。多摩美術大学美術学部絵画学科卒。二〇一〇年「うどん キツネつきの」で第一回創元SF短編賞佳作を受賞。二〇一五年、作品集『うどん キツネつきの』が第三十六回日本SF大賞最終候補に選出。二〇一六年、「太陽の側の島」で第二回林芙美子文学賞を受賞。他、著書に『オブジェクタム』。

居た場所（いばしょ）

二〇一九年一月二〇日　初版印刷
二〇一九年一月三〇日　初版発行

著者　高山羽根子
発行者　小野寺優
発行所　株式会社河出書房新社
〒一五一-〇〇五一
東京都渋谷区千駄ヶ谷二-三二-二
電話　〇三-三四〇四-一二〇一（営業）
〇三-三四〇四-八六一一（編集）
http://www.kawade.co.jp/

組版　KAWADE DTP WORKS
印刷　株式会社亨有堂印刷所
製本　小髙製本工業株式会社

Printed in Japan
ISBN 978-4-309-02776-0

おらおらでひとりいぐも

若竹千佐子

74歳、ひとり暮らしの桃子さん。おらの今は、こわいものなし——新たな「老い」を生きるための感動作。青春小説の対極、玄冬小説の誕生！　第54回文藝賞、第１５８回芥川賞受賞作。

ISBN 978-4-309-02637-4

双子は驢馬(ろば)に跨(また)がって

金子薫

監禁される親子、救出に向かう双子と驢馬。手紙が二つの世界を繋ぐ時、眩い真実が顕れる——独自の世界観で注目を集める気鋭の作家による奇想天外な冒険譚。第40回野間文芸新人賞受賞作。

ISBN 978-4-309-02605-3

しき

町屋良平

高二男子の〝踊ってみた！〟春夏秋冬――特技ナシ、反抗期ナシ、フツーの高校二年生・星崎が、悩める思春期を突破する。「恋」と「努力」と「友情」の、超進化系青春小説！　第１５９回芥川賞候補作。

ISBN 978-4-309-02718-0